COLLECTION FOLIO

Jérôme Prieur

# Proust fantôme

*Édition revue*

Gallimard

Ce livre a été publié à l'origine par Le Promeneur, dans la collection « Le cabinet des lettrés » dirigée par Patrick Mauriès.

Depuis *Nuits blanches*, son premier livre, Jérôme Prieur a beaucoup écrit sous l'inspiration de l'image : des fantasmagories de *Séance de lanterne magique* à la découverte du cinéma par les premiers spectateurs, en passant par les photographies de la guerre de 14 ou celles des archéologues de la Vallée des Rois, jusqu'aux doubles et aux démons que projette pour nous le *Roman noir*.

À partir de la réalisation de la série documentaire *Corpus Christi* suivie de *L'Origine du christianisme*, il a également entrepris avec Gérard Mordillat un vaste travail critique autour des origines du christianisme et de la littérature du Nouveau Testament qui a donné lieu à plusieurs essais, notamment *Jésus contre Jésus* (« Point » n° 800) puis *Jésus après Jésus* (« Points Essais » n° 533).

Qu'il s'agisse d'Antonin Artaud ou de Proust, de Jean Paulhan, de Léon Paul-Fargue, de René Char, des ouvriers et artisans du Pharaon, des Gaulois de l'époque de Vercingétorix ou de l'histoire politique de la construction du Louvre (*Le Réveil d'Apollon*), ses autres films cherchent souvent à réveiller les fantômes. De même cette vie parallèle de l'auteur d'*À la recherche du temps perdu.*

*À Thierry Thomas,*
*à Jacques Laurans*

*Mais le présent inscrit ainsi devant nous des mots dont nous ne saurons que plus tard ce que notre avenir en fera. Et une chaîne circule à travers toute notre existence reliant ce qui est déjà mort à ce qui est en pleine vie.*

MARCEL PROUST,
*Textes retrouvés.*

Il faut d'abord patienter dans le hall de la banque d'affaires qui occupe à présent le 102 boulevard Haussmann, comme si l'on venait négocier un découvert ou discuter d'un placement. C'est uniquement le jeudi après le déjeuner, il y a cinq ou six personnes avec des airs de conspirateurs qui s'ignorent.

L'hôtesse nous a distribué une brochure pour nous mettre en condition. L'Américain à la peau grêlée, enfoncé sur la banquette à côté de moi, me désigne brutalement un nom propre, ne sachant comment le déchiffrer, craignant de confondre. J'insiste sur la dernière syllabe. *Quiou.* Je répète exprès. *Kew,* Robert de Montesquiou. Le Texan hoche la tête, rasséréné, et se remet à souligner toutes les phrases qu'il estime essentielles.

On monte enfin au deuxième étage, une demoiselle nous conduit. Le palier est une station de pèlerinage : c'est *là* que Proust a écrit la

*Recherche*, c'est *là* qu'il est venu habiter après la mort de sa maman, elle connaissait l'immeuble car sa tante y vivait. La jeune fille répète plusieurs fois le mot maman. La maman de Proust. On se sent un peu de la famille. Nous avançons dans le couloir, autrefois c'était celui de l'immeuble mitoyen. La jeune fille explique que Proust ne quittait pas son lit. Elle parle fort. C'est là qu'il trouvait l'inspiration, aussi avait-il soigneusement choisi cet appartement qui pourtant n'était loin ni du bruit, ni des marronniers du boulevard, ni de la poussière de la ville, à mi-chemin de la place Saint-Augustin et de la gare Saint-Lazare.

Puis nous poussons la porte.

Nous pénétrons dans la pièce.

Du liège recouvre les parois de la chambre, mais ce sont de simples feuilles d'ornement qui habillent les trumeaux. L'écorce qui caparaçonnait autrefois l'espace vital, des murs jusqu'au plafond, n'était pas traitée. On se serait cru à l'intérieur d'un bouchon : c'était une grotte, une carrière toute noircie à force de fumigations. L'idée venait de son amie Anna de Noailles qui la tenait d'Henry Bernstein. Elle lui avait conseillé cet aménagement pour rendre complètement étanche son habitacle, pour le couper du monde. Dans l'appartement au-dessus un dentiste américain avait installé son cabinet — c'était l'époque héroïque de la roulette —, et le praticien avait même cru bon de se marier avec une musicienne, une harpiste.

Les vrais meubles sont partis, quelques-uns sont au musée Carnavalet, le lit de cuivre, les tables de nuit, le fauteuil. Le portrait de Proust par Jacques-Émile Blanche n'est qu'un agrandissement photographique, encore plus plat en noir et blanc malgré son camélia. Dans le grand salon boisé, aujourd'hui la salle du conseil d'administration, tout a disparu, sauf le plancher en points de Hongrie qui est « d'époque ». La demoiselle insiste.

Sur le palier, où existait déjà l'ascenseur, mais c'était un autre modèle, on peut apercevoir le corridor de Céleste, sa gouvernante, sa femme de chambre, sa garde-malade, sa dame de compagnie. Et l'œil-de-bœuf qui lui permettait de contrôler, comme des transports de fonds, les allées et venues de son maître, la mine de ses visiteurs, et surtout les femmes trop parfumées.

Une autre dame de la banque s'est jointe à notre petite troupe, elle surveille le déroulement des opérations, elle acquiesce, elle ajoute un détail. C'est que notre petite cicérone est nouvelle dans le service. Sans la contremaîtresse, elle aurait peut-être oublié l'essentiel, d'ouvrir près de la cheminée de marbre blanc (qui est d'origine) le tiroir de la commode (qui n'est plus la commode de Proust), et d'en sortir une corbeille d'osier pour faire la distribution de petites madeleines enveloppées dans leur sachet de cellophane.

Il paraît qu'il voyait tout sans qu'on s'en aperçoive, notait les moindres détails, enregistrait sans cesse. Il était mieux qu'un appareil photo, rapporte Céleste dans ses souvenirs. Avec lui, tous l'ont dit en chœur après sa mort, il n'y avait aucun moyen de feindre, on était fouillé comme par un projecteur, transpercé, radiographié, « photographié aux rayons X ».

C'est qu'il y avait dans ses yeux quelque chose d'unique, comme « un appareil enregistreur » auquel rien jamais n'échappait. Un regard à mille facettes comme celui des mouches, un regard de loupe grossissant tout ce qu'il touchait.

Son corps semblait littéralement se coller aux meubles, aux tentures, aux bibelots. « Par tous les pores de sa peau, commente Ramon Fernandez, il semblait aspirer toute la réalité contenue dans sa chambre, dans l'instant, dans moi-même, et l'espèce d'extase qui se peignait sur son visage était bien celle du médium qui reçoit les messages invisibles des choses. » Jacques Rivière évoque l'électricité, le survoltage des sensations. Devant Proust, on était nimbé, coiffé.

Sous l'envoûtement de sa voix, le sentiment physique était d'être plongé dans un bain de sensibilité pure, d'être tout à coup transféré dans un autre monde, d'être irradié.

Au début des années soixante, dans le *Portrait-souvenir* consacré à Proust par Roger Stéphane, Jean Cocteau, son manteau en poil de chameau jeté négligemment sur les épaules, récitait ses perles comme sous le coup de l'inspiration. Il jugeait que les Verdurin étaient au fond « très Nouvelle Vague » ou que l'écriture manuscrite de Marcel sur son courrier était aussi compliquée à décrypter qu'une noix à dépiauter. Paul Morand et madame, la princesse Soutzo, se relayaient, et puis François Mauriac, Mme André Maurois, le duc de Gramont, Philippe Soupault, le marquis de Lauris, Jacques de Lacretelle, Daniel Halévy, Emmanuel Berl, qui racontait que Proust lui avait lancé ses pantoufles à la figure, parce qu'il le trouvait « bête » : il voulait lui apprendre qu'une seule chose est importante dans la vie, c'est de savoir être seul au monde (or le jeune homme refusait obstinément de se séparer de sa fiancée !).

Quant à la plus émouvante, Céleste Albaret, elle revivait littéralement, au bord des larmes, les derniers jours de la vie de M. Proust, ses dernières heures dans l'appartement de la rue Hamelin, ses derniers instants.

Les survivants que réunissait l'émission télévisée étaient les témoins d'une veillée funèbre, mais surtout des épaves abandonnées sur terre par l'œuvre elle-même.

À ces rescapés auraient pu, aisément, être associés quelques-uns des petits secrétaires particuliers de la *Recherche* alors en vie, sauf que l'époque ne pouvait se risquer à mettre sur la place publique les secrets de Polichinelle — « la plaie » qu'il avait étudiée sur lui-même sans qu'on puisse aller plus loin qu'il ne l'avait fait. Il ne fallait pas en parler, « mais vous savez à quoi je fais allusion », minaudait Mauriac de sa voix ébréchée, en fixant l'objectif.

On en a peu idée maintenant puisqu'il y a prescription, mais la lecture de la *Recherche* a été à l'origine un jeu de société (Robert de Montesquiou en est mort, dit-on, lorsqu'il s'est senti trop exposé, exhibé par le livre). Les mieux intentionnés se sont demandé comment ne pas succomber à la tentation, comment ne pas déchiffrer chaque page comme celle d'un roman à clefs (mais Proust n'emportait jamais le trousseau de son appartement). La question était de savoir si l'on parviendrait jamais à le lire ainsi qu'on pouvait lire La Bruyère ou Balzac, sans s'extasier devant les ressemblances, sans chercher à reconnaître Charles Haas ou Boni de Castellane, sans voir transparaître Mme Straus, Misia Sert, la comtesse Greffulhe, Louis d'Albufera ou Laure Hayman derrière le papier pelure.

Vieil ami de collège, Robert Dreyfus fait un vœu. Il imagine que c'est ainsi que la postérité lira Proust, dans un siècle ou deux, « à la condition, bien entendu, qu'elle se plaise à d'autres divertissements spirituels que de contempler des films ou d'écouter la T.S.F., et que nos arrière-petits-neveux sachent encore lire, ce qui s'appelle lire, et cela n'est pas du tout certain », écrit-il dans un article du *Journal des débats* qu'il reprend tel quel en 1939... Comme si de rien n'était, comme si le gouffre n'était pas là, béant, comme si l'existence future d'arrière-petits-neveux était alors la chose la moins improbable du monde à venir.

1939, c'est l'année au cours de laquelle, le dimanche 5 mars dans l'après-midi, Adrienne Monnier présente à La Maison des Amis des Livres, la librairie qu'elle tient rue de l'Odéon, une projection permanente de portraits d'écrivains réalisés par Gisèle Freund au moyen du procédé de la photographie en couleurs. Marcel Proust n'y figure certes pas, mais tous les autres, Cocteau, les cheveux ébouriffés, Gide « aux traits purs et mortifiés », Paul Valéry, Claudel, André Breton, Jules Romains, Romain Rolland, Léon-Paul Fargue, Colette, et Sartre, et Simone de Beauvoir, et Aragon, et Joyce, et Virginia Woolf, et Walter Benjamin (qui avait peut-être été le premier à repérer « la féerie satanique » du reportage proustien), tous à la fois embaumés ou gélifiés par le temps de pose, ridés et marqués plus que d'ordinaire, mais revitalisés pourtant par l'émulsion du kodachrome.

Pourquoi les biographies ne commencent-elles jamais par d'autres mots que de coutume ? Ceux-ci, au hasard : « Mort à Paris le 18 novembre 1922, Marcel Proust demeure actuellement dans le vingtième arrondissement, non loin de la place Gambetta »…

Jacques-Émile Blanche raconte qu'au cinquième anniversaire de sa mort ses amis, qui se réunissaient régulièrement, l'imaginèrent vivant. Il était devenu académicien Goncourt, docteur *honoris causa* d'un nombre incroyable d'universités d'Europe et d'Amérique, accaparé par les discours, les jurys, les prix, les banquets, les articles de revue, les préfaces, les manuscrits à lire, les interviews, les missions à l'étranger.

Lui dont la vie ne tenait qu'à un fil aurait-il enterré son pauvre frère qui avait miraculeusement réussi à le sauver lors de sa crise de l'automne 1922 ?

Aurait-il, surtout, survécu à lui-même ? Au lieu de disparaître en pleine éclosion, aurait-il eu le temps d'achever *Le Temps retrouvé*, le temps de revoir et de corriger toute l'édition de son livre truffée d'à-peu-près et d'incalculables erreurs, de reprendre *Du côté de chez Swann* qu'il se reprochait d'avoir publié prématurément car il était impossible d'apercevoir la fresque, et même, qui sait, de réécrire tout le manuscrit qui serait peut-être devenu l'amorce d'une autre *Recherche* ?

Cocteau lui aurait-il fait découvrir la Côte d'Azur, l'aurait-il persuadé de jouer son propre rôle dans *Le Sang d'un poète* où il serait apparu dans une loge du film en compagnie du vicomte et de la vicomtesse de Noailles, du prince et de la princesse de Faucigny-Lucinges, de lady Abdy (qui demandèrent ensuite à être coupés du montage) ?

Paul Morand l'aurait-il persuadé de l'accompagner à New York en transatlantique ? Aurait-il assisté à la première des *Lumières de la ville* de Charlie Chaplin, découvert Istanbul, Berlin, Moscou, Kyoto, les petites églises derrière Sienne et Arezzo ? En 1934, se serait-il enfin brouillé avec Léon Daudet, et aurait-il renoué avec l'un de ses camarades du lycée Condorcet, avec Léon Blum ?

Toujours malade, se serait-il définitivement reclus, déménageant encore et encore, pour qu'on perde sa trace ? Se serait-il emmuré vivant et retiré du monde, si bien que les plus étranges rumeurs auraient périodiquement couru sur son compte, faisant de sa chambre secrète le cœur obscur de Paris ? Aurait-il prononcé un vœu de silence, au point que son absence aurait été ressentie comme un reproche par tous ceux qui continuaient de se produire sur la scène publique ?

Aurait-il à nouveau, au pays même de la culture et de la civilisation, été témoin du désastre, de l'horreur sans nom ? Aurait-on disserté doctement, tranquillement, sur la question de savoir si la loi promulguée sans attendre à Vichy (où son frère et les médecins auraient pu, dans l'entre-deux-guerres, lui recommander d'aller prendre les eaux), la première ou subsidiairement la seconde, portant statut des juifs, lui était applicable ? Consultés, les juristes n'auraient pas manqué de conclure que le sieur Proust Marcel ne remplissait pas tous les critères ; à la différence de sa mère née Jeanne Weil, si elle avait encore été de ce monde, ou de son « cher cousin » par alliance Henri Bergson (qui fut surtout reconnaissant à l'écrivain de lui avoir conseillé l'emploi des boules Quiès) : le moment venu, à l'automne 40, le philosophe tint à aller se faire inscrire au commissariat de police de Passy.

Son destin aurait pu être jumeau de celui de Paul Valéry, né la même année que lui mais mort en 1945. Il aurait pu disparaître, pourquoi pas, en 1951 comme André Gide (son aîné de deux ans), ou bien en 1954 comme Colette (qui était de deux ans sa benjamine), en 1955 comme Paul Claudel (qui avait trois ans de plus), ou même au début des années 1960… Son grand ami Reynaldo Hahn n'avait-il pas vécu trente années supplémentaires ?

Le 14 novembre 1922, pendant que Proust use ses dernières forces à corriger son livre, Kafka qui, depuis un mois et demi, n'avait pas écrit une ligne dans son journal, reprend la plume. Il note qu'il a toujours de la température le soir, qu'il n'arrive à rien à sa table de travail, qu'il sort à peine, qu'il ne voit plus les rues de Prague. « Malgré cela, c'est se conduire en Tartuffe que de se plaindre de la maladie. »

Kafka n'a pas 40 ans. Il a encore dix-huit mois à vivre, dix-huit mois de plus que Proust qu'il ne connaît pas.

Pour justifier le principe surprenant de ses *Vies imaginaires* dont la publication comme celle du *Livre des masques* de Remy de Gourmont, illustré par Félix Vallotton, remonte à 1896, l'année de l'invention du cinématographe —, Marcel Schwob affirmait que si les idées des grands hommes relèvent du « patrimoine commun de l'humanité », chacun d'eux n'a réellement de particulier que ses bizarreries. Ce sur quoi les biographies restent généralement muettes. Selon lui, il faudrait, au contraire, peindre la vie des hommes illustres d'après leurs anomalies, à la manière de ces estampes japonaises qui reproduisent jusqu'au vertige l'image d'une chenille aperçue une fois à une heure particulière du jour.

Ainsi André Breton, dans cette histoire de fantômes qu'est *Nadja*, rappelle-t-il la petite cérémonie privée que Victor Hugo avait répétée quotidiennement à la fin de sa vie. Parcourant pour la millième fois le même chemin avec Juliette Drouet, il n'interrompait leur silence qu'au passage de leur voiture devant une propriété encadrée par deux portails, un grand et un petit. « Porte cavalière, madame », disait-il à Juliette en désignant la grande entrée. « Porte piétonne, monsieur », répliquait-elle devant la petite, tandis que Hugo, un peu plus loin, devant deux arbres entrelacés prononçait invariablement la formule : « Philémon et Baucis ».

Breton lisait dans cette anecdote la meilleure étude possible de l'œuvre de Hugo. « Comme je me louerais de posséder sur chacun des hommes que j'admire un document privé de la valeur de celui-là », concluait-il.

Victor Hugo, quant à lui, avait consigné, dans ses *Choses vues*, la dernière visite qu'il rendit à Balzac, l'autre géant du siècle, quelques heures avant la fin. Hormis le médecin, Hugo fut le seul, ce jour-là, à venir à son chevet, à affronter l'épreuve. « La vérité vraie est que Balzac est mort abandonné de tous et de tout, comme un chien », renchérira Octave Mirbeau.

Mirbeau appuyait ses dires, en 1905, sur des confidences que lui aurait faites, et à Rodin également, un vieux peintre du nom de Jean Gigoux décrivant la maison de Balzac encore plus abandonnée que Hugo ne pouvait le supposer, et avouant qu'il s'était refusé à crayonner ne serait-ce qu'une esquisse du mort. Pourquoi, alors qu'il avait été présent dans l'une des chambres voisines ? C'est qu'il venait d'y être l'amant de la femme de Balzac, l'ex-Mme Hanska.

La fille de cette dernière protestera catégoriquement, au motif que sa mère ne connut le peintre que deux ans après la fameuse nuit. Vrai ou faux, Mirbeau dut se résoudre à caviarder l'épisode qui illustrait pourtant à merveille, quoique au corps défendant de l'auteur surhumain de *La Comédie humaine*, sa théorie sur le genre biographique. Non, le grand homme, écrivait-il, ne doit pas être nécessairement un personnage sympathique, vertueux, héroïque — à la façon du pauvre Verlaine que d'aucuns avaient mué en une espèce de brave bourgeois. Pour entrer dans la postérité, il faut en finir avec l'extrême-onction : « C'est par ses péchés qu'un grand homme nous passionne le plus. C'est par ses faiblesses, ses ridicules, ses hontes, ses crimes, et tout ce qu'ils supposent de luttes douloureuses, que Rousseau nous émeut aux larmes, et que nous le vénérons, que nous le chérissons. »

Proust mourut à cinquante et un ans, à l'âge de Balzac.

Qu'est-ce donc qu'une *vie d'écrivain* ?

Le corps apparent recèle l'autre, invisible, souterrain. Le vrai corps tout à la fois caché et révélé par l'autre, le corps « mondain ». Celui qui était doué de la parole, celui qui a été photographié, celui que les autres ont croisé un jour. Trucs, manies, obsessions, humour, blessures, faiblesses, rage, tout ce qui n'a rien à voir avec le petit tas de rendez-vous et de dates qui rassure les collectionneurs.

La grande histoire laisse les vies individuelles dans l'incertitude. Seul l'art peut les retrouver, pensait Hofmannsthal qui ajoutait : « le portraitiste se rattache au biographe et celui-ci au comédien. »

La tomette fêlée sous nos pieds à travers le minuscule couloir qui n'en finit pas, le mur encore éclaboussé par la projection de lanterne magique, l'empreinte de la nuque contre la plume du traversin, à l'étage de la maison de vacances dans la rue du Saint-Esprit, le lit d'enfant toujours fait, comme l'intérieur intact d'un petit tombeau… Ce qu'ont vu ses yeux, ce que ses sens ont perçu, c'est le vertige qui nous attire à sa poursuite, au point de nous demander jusqu'où nous pouvons aller à notre tour, dans quels pas nous pouvons mettre les nôtres.

Il faudra endurer l'attente et le froid. Dans un entrepôt abandonné, bourré de vieux vêtements, J'essaie des gants, des chapeaux, des hauts-de-forme. Je passe des pantalons, des chemises, des fracs, des plastrons, des redingotes, des pardessus.

Une des rares fois de sa vie où il a vu Proust, racontait Léon-Paul Fargue, c'était un soir pour écouter Ricardo Viñès jouer Ravel ou Debussy. Devant le piano, les deux hommes se sont assoupis, épaule contre épaule, parfaitement immobiles, engoncés impeccablement dans leur habit de parade, dans leur étui. Combien d'heures chaque jour fallait-il pour s'habiller et se déshabiller ? L'essentiel dans la vie de l'homme du monde était de ne pas faire de rides. Ni plis ni becs, aucun froissement, avant tout *se tenir*, c'est-à-dire être raide.

Il fait encore nuit lorsqu'on m'habille, me peigne, me frise, me postiche, me poudre. Les moustaches, d'un coup, me font vieillir d'un siècle. Le fantôme du boulevard Haussmann m'a jeté un sort depuis que j'ai violé sa maison déserte.

Le château de Champlatreux appartiendrait encore à la famille des Noailles. Immenses pièces qui ressuscitent la demeure de la Belle au bois dormant. Salons, boudoirs, vestibules, salles de billard, ici et là un autre monde se met en place, où dégringoler tout en évitant la ronde des gardiens. Hommes noirs en gibus extraits des toiles de Magritte, femmes à aigrettes sorties tout droit de *Fantômas*… Les déjeuners, matinaux comme les levers, sans trop savoir pourquoi, les allées et venues d'un service à l'autre, même les grands tabliers blancs comme des camisoles dont on nous enveloppe à la cantine, nos moindres activités toujours sous escorte à travers les escaliers et les couloirs, tout cela fait que le sentiment grandit au fur et à mesure d'être internés dans une maison de santé, jusqu'au moment où l'on arrive à bon port, en salle d'opération.

On s'habitue à tout, au fard pour estomper les cernes, à l'odeur empoisonnée du vernis, au chatouillis du pinceau de colle sous les narines pour fixer la moustache puisque il faut que j'aie vingt ans de moins qu'hier. Chez les Verdurin, le narrateur qui ne participe pas à la frivolité de la conversation est ostensiblement ailleurs, ce à quoi personne ne prend garde, ne parlant presque jamais, absent mais toujours présent, ne perdant rien. Marcel enfant traverse un vaste salon peuplé d'ancêtres en habits de soirée qui chuchotent, épuisés de parler. Il progresse suivi de son ombre, le narrateur, puis de son double adulte au profil de maharadjah.

Morceaux de visages derrière leur hublot, corps enveloppés par les parures et les costumes d'expédition. Déshabillage, habillage, camouflage, grimage, déguisement, j'enfile un scaphandre qui permet de descendre à 20 000 lieues sous les mers, dans les grands fonds de la *Recherche du temps perdu.*

Dans sa loge, le petit Marcel fait les cent pas.

Le soir, de la Madeleine à Saint-Augustin, tout le quartier est sombre, il n'y a plus d'illuminations, plus d'êtres vivants derrière les fenêtres éteintes. La chambre de liège de l'appartement du boulevard Haussmann sert maintenant de bureau de passage.

La petite rue Hamelin où Proust est venu finir sa vie est presque identique à ce qu'elle était de son temps, toujours triste bien que ravalée, blanchie comme un os nettoyé par les intempéries. Devait-elle son nom et son attrait mystérieux à la légende du joueur de flûte de Hamelin, ce musicien qui avait réussi à attirer tous les enfants hors de la ville pour les sauver de la peste, des rats, de la mort ?

La chaussée n'est plus pavée. Le marchand de vin, le marchand de couleurs et celui de légumes, la quincaillerie et la crémerie, la librairie dont la vitrine avait ébloui Céleste quand elle découvrit que les livres exposés ressemblaient à des ailes d'anges, tous les commerces ont disparu, sauf en bas de la maison l'épicerie arabe ouverte maintenant jour et nuit.

Inutile de franchir le seuil, inutile de chercher à monter dans les étages, rien n'est plus pareil : l'immeuble est devenu, et depuis des années maintenant, un hôtel pour voyageurs. Tout l'aménagement intérieur a été bouleversé : on chercherait en vain à retrouver ne serait-ce que la cage d'escalier, la rampe d'acajou, les marches usées, le tapis qui a absorbé la foulée des visiteurs, le croisillon métallique du portail de l'ascenseur, les vitraux peut-être à chaque palier ou les ampoules dans leur corolle d'opaline…

Même l'église Saint-Pierre de Chaillot, à quelques centaines de mètres, où eurent lieu les funérailles un matin d'automne, ne peut plus témoigner de rien. La bâtisse a été rasée à la fin des années 30, c'est une autre construction qui la remplace, dans le style moderne et cossu cher à l'architecture d'avant guerre.

Tout est toujours là, tout est en ruine.

Pour un peu, on verrait les cloisons éventrées, les plafonds crevés, les planchers déchiquetés et, se décollant des tapisseries, à l'emplacement de la chambre, le vieux papier peint rayé à larges bandes projeté à l'arrière du lit. Toute la maison, avec l'arbre des nerfs, la fibre des muscles, l'intérieur du ventre ou de la boîte crânienne, ressemble à un écorché de cire.

Salles de séjour, salles à manger, chambres à coucher qui donnent directement sur le trottoir, c'était autrefois dans le faubourg Saint-Antoine le spectacle des boutiques de meubles. La rue n'était qu'une paroi d'images, tandis que dans les appartements-témoins et les foyers-modèles aux canapés immenses et aux murs sans tain on se désespérait quand les locataires tardaient à faire irruption.

Dans le labyrinthe de l'hôtel Carnavalet, un gardien accepte finalement d'aller ouvrir la salle qui est toujours fermée quand on veut la voir, la salle des Chambres d'écrivains. À l'intérieur de la même pièce, sans presque aucun recul, on peut parcourir d'un seul regard le boudoir de jeune fille d'Anna de Noailles, le fourre-tout de Paul Léautaud, et la chambre de Marcel Proust.

Au cœur du dortoir, sous la lumière crue d'un tube de néon, la chambre capitonnée comme un sous-marin, la chambre-forte est trop étroite. Minuscule lit en cuivre qui semble remis à neuf sous son étole bleu pétrole. Entassement de trop rares bibelots dans l'espace exigu, frêle table de nuit sur laquelle a été abandonnée, parmi deux ou trois faux cahiers d'écolier toujours vierges, la fiole d'une bouteille d'encre noire. Les souvenirs n'ont pas l'air d'être vrais, c'est un décor de pièce de boulevard.

La pelisse noire est restée en travers du lit bleu. On dirait que l'électricien venu changer le néon blafard, qui éblouit la pièce et écorche les yeux, a oublié de reprendre sa veste. Ou est-ce un visiteur qui aurait profité de la distraction des gardiens pour déposer sa « carte de visite », comme on le pratiquait autrefois pour les dames du monde ?

Ce vieux vêtement censé avoir appartenu à Proust a fait un beau jour son apparition dans la chambre en fac-similé du musée Carnavalet. Mais ce n'est qu'une dépouille. Le plumage noir et désolé contraste trop avec la netteté quasi hygiénique du lieu, où même le dessus-de-lit semble revenir du nettoyage à sec.

Le lit à boules de cuivre, la table de nuit, le portrait au mur, la vitrine déserte sont des objets de piété. C'est dans une salle des ventes pourtant ou au musée Grévin que l'on se croirait, plutôt qu'à l'intérieur de l'un des tombeaux inviolés de l'ancienne Égypte.

Aujourd'hui, sur le boulevard Haussmann, la chambre du 102 où fut écrite à peu près toute la *Recherche*, est fermée aux admirateurs. Personne ne peut plus venir en pèlerinage contempler le vide. La banque qui est propriétaire de l'immeuble a, paraît-il, de grands projets.

Des voix d'outre-tombe, des voix nasillardes se passent le relais au téléphone : « Monsieur est mort ! », « Marcel vient de mourir ! » Lui qui, depuis des années, s'était si souvent trouvé à la dernière extrémité, lui qui n'en pouvait plus de manière chronique, lui qui avouait tant et plus qu'il était mourant mais s'en excusait avec tellement de gentillesse, cette fois c'était vrai.

Les rues de Paris sont encore plus vides le dimanche.

La ville est déserte comme dans les rêves. Elle ressemble à la nuit, quand certaines nuits il fait grand jour.

Céleste ouvre la porte, c'est un spectre, elle est très pâle.

L'adresse tenue secrète est au 44 de la rue Hamelin.

Chassé par la banque qui avait racheté l'immeuble de sa tante où il habitait son cocon, chassé par la peur des travaux et la panique du bruit, il s'était résolu à émigrer dans une rue de province, à l'abri derrière l'Étoile — on venait de célébrer huit jours plus tôt l'inconnu sous l'Arc de triomphe.

C'était une sœur jumelle de la petite rue Laurent-Pichat où, après le boulevard Haussmann, il avait été hébergé durant trois mois — dernières vacances, dernier voyage à l'orée de l'avenue du Bois dont il n'avait pu contempler le rideau d'arbres qu'au-delà du couvre-feu.

Les persiennes sont fermées, les doubles rideaux sont tirés.

Ni le jour ni l'air ne doivent parvenir à l'intérieur de la chambre, de crainte d'abîmer l'homme qui dort. On dirait déjà une momie.

Cocteau raconte : « Proust offrait sur son lit d'enfant un admirable profil de vizir. Il portait cette barbe qu'il ôtait et remettait à tour de rôle et avec ou sans laquelle, après une absence, on ne savait jamais si on allait le revoir. Cette barbe qui, de son vivant, semblait presque une farce, un postiche de [Sadi] Carnot mort au musée Grévin, dissimulant le galbe du jeune dandy de Jacques-Émile Blanche, cette barbe derrière laquelle il pouffait de rire comme derrière un éventail de femme, cette barbe, sur son cadavre, devenait un attribut de mage et de roi. »

Sous couvert de venir chercher le corps, c'est l'énigme du personnage que l'on voudrait entrevoir, l'impossible sésame. L'opération tient de la magie, de la sorcellerie.

Le secret est celui de la ressemblance. Mais c'est de la ressemblance au sens paradoxal où la définissait Jean Paulhan dans l'un des textes qu'il a consacrés à la peinture cubiste, révolution plastique qui s'est d'ailleurs accomplie au moment précis où la *Recherche* était en gestation. Ainsi Paulhan avouait qu'il ne croyait pas aux fantômes, tout en reconnaissant qu'il avait tort. « Le jour, ajoutait-il, où l'on nous fait voir notre profil dans un jeu de miroirs, entendre notre voix dans un disque, lire nos vieilles lettres d'amour, est un mauvais jour pour nous : et sur le moment nous avons plutôt envie de hurler. Tant il est évident que nous sommes n'importe quoi, mais pas ça. Les photos exactes, les portraits fidèles, peuvent être puissants, subtils, beaux ou laids. Ils ont un trait qui passe de loin ceux-là — c'est qu'ils ne sont pas ressemblants. »

La ressemblance, en effet, est toujours, bonne ou mauvaise, une surprise. Innocent X a été, à la fois, peint par Vélasquez et sculpté par le Bernin. Mais le souverain pontife n'appréciait pas sa chair trop rose chez le premier, et chez l'autre son nez ou son menton de marbre blanc. Il se trouvait « trop vrai », cela lui faisait horreur.

La barbe en plus, Tolstoï a un air de famille avec Innocent X qui aurait dû préoccuper les physiognomonistes. « Sont arrivés des opérateurs de cinématographe, malgré mon refus. J'ai laissé faire, mais sans participer moi-même », écrit-il dans son journal en date du 3 septembre 1909. Deux semaines plus tard, Tolstoï raconte le dénouement de l'aventure de Léon Nikolaïevitch : « Levé alerte. Se sont présentés un photographe et un opérateur de cinématographe. Désagréable aussi parce que cela provoque la conscience de soi non comme le divin mais comme l'abominable L. N. »

Baudelaire n'avait conservé des photographies que Félix Nadar avait obtenues de lui qu'un seul et unique cliché. Une image bougée, une photo tremblée. Cela confirmait par avance l'opinion de Paulhan, à savoir que nous ne pouvons nous voir et nous reconnaître sous aucune des formes physiques connues, ni en portrait, ni en écorché, ni en squelette bien entendu. Mais en spectre.

Un an après sa mort, « au bout de l'an de Proust », selon l'expression consacrée d'alors, chacun, déplore un de ses proches, veut avoir été de ses amis.

Les princesses slaves et les riches Bostoniennes qui lui ont livré une véritable guerre de siège (« Moi aussi j'écris », lui balançaient-elles du tac au tac, d'égal à égal) viendront jusqu'à Paris préparer des thèses, des ouvrages définitifs. Faute d'avoir pu accéder au grand homme, elles désirent au moins rencontrer ceux qui l'ont connu, ceux qui l'ont vu de leurs propres yeux.

Une jeune dame tombe un jour du ciel, ou plutôt du Colorado, chez l'un d'entre eux. Non, ce n'est pas la peine qu'il lui parle de l'œuvre, qu'il évoque l'auteur, qu'il raconte l'homme, l'Américaine l'arrête d'emblée. Ce n'est même pas la peine qu'il ouvre la bouche.

« Je désirais seulement savoir comment c'était

fait un ancien ami de Proust. » À quoi ça ressemble l'homme qui a vu l'homme qui a vu l'ours.

Proust a été enterré à Paris le 22 novembre 1922.

Étrange coïncidence : sept années plus tôt, jour pour jour, le 22 novembre 1915 avait eu lieu au théâtre des Variétés la première du film de Sacha Guitry, *Ceux de chez nous.*

« Je ne veux pas, expliquait le bonimenteur, que dans cinquante ans vos petits-enfants viennent me dire : "Comment, bon vieillard, vous viviez en même temps que Claude Monet… et vous n'avez pas eu l'idée de le cinématographier pendant qu'il travaillait ?" Eh bien, vos petits-enfants ne me le diront pas car cette idée, je l'ai eue… Très souvent, je me suis dit : quelle émotion nous aurions si, tout à coup, on nous montrait Praxitèle sculptant ce marbre, Rembrandt achevant ce dessin de lui, Shakespeare dédicaçant l'original d'*Hamlet*, Mozart au clavecin, Voltaire faisant des mots d'esprit. Songez à ce que serait une statue de Maillol faite entièrement d'un bout à l'autre devant un appareil qui l'aurait enregistrée de l'heure de sa naissance à l'heure de son achèvement. »

Le tournage remonte à la fin de l'année 1914, au commencement de la Grande Guerre. Aujourd'hui presque ridicule, le titre souligne à l'envi que le film aspirait à être compris comme un acte de patriotisme, en réaction à la Proclamation des intellectuels allemands. Un monument élevé à l'intelligence française — ce à quoi Proust a toujours énergiquement refusé le moindre concours, exécrant le chauvinisme qui en amena plus d'un à bannir alors Goethe ou Wagner, méprisant cordialement tous les matamores (et parmi eux Camille Saint-Saëns).

Pour complimenter son secrétaire et valet de chambre, un grand Suédois du nom d'Ernst Forssgren qui s'était mis à entonner *La Marseillaise* à l'infirmerie de Cabourg devant les soldats en convalescence, Proust ne se fit pas faute de l'assurer que c'était « tout à fait comme Sacha Guitry »... C'est le jeune homme tout fier qui l'a rapporté, n'y voyant pas malice (et confondant peut-être entre eux les Guitry père et fils).

Quant à l'auteur dramatique en herbe, il ne voulait sûrement pas qu'on l'accuse d'être un embusqué, mais il disposait d'assez de ressources pour s'épargner les ruses. Il faut plutôt supposer qu'il avait en tête une tout autre arrière-pensée, celle de résister, avec les moyens du bord, à l'hécatombe en marche, de sauver de l'anéantissement qui se profilait quelques figures, quelques figures de proue, l'envie folle de donner à ces immortels, en ce prélude à la boucherie de masse, la vie éternelle. Comme l'écrivait Remy de Gourmont dans le numéro de septembre 1907 du *Mercure de France*, « les acteurs jouent pour une fois, et c'est pour des années ; leurs gestes sont fixés, et ils pourraient périr tous dans une catastrophe que le spectacle n'en continuerait pas moins, toujours identique à lui-même ».

Au début des années 1900, Proust a-t-il pu voir à l'intérieur d'une salle obscure ou sous la tente d'un forain les images d'un fait divers, un spectacle enregistré en direct ? C'est un petit film tourné par un opérateur de la maison Gaumont, c'est l'homme qui voulait voler, et qu'une caméra a filmé au premier étage de la tour Eiffel juste avant son départ.

Contrairement au souvenir que l'on en garde, le plan dure longtemps, une quarantaine de secondes. L'individu, un tailleur paraît-il, harnaché dans un costume spécial de sa confection qui le fait ressembler à un volatile sans ailes, enjambe hardiment la rambarde.

Il passe sous les yeux de son public, et les nôtres, les derniers instants de son existence. On voudrait le prévenir, sortir du cauchemar où il nous emmène, ne plus regarder. Le voici, juché au-dessus du vide, ce vide que la caméra ne montre jamais mais que l'on redoute, ce vide que l'on perçoit aux petites hésitations de l'homme-oiseau, à ses soubresauts, à ses élans aussitôt stoppés net, à son picotement qui semble une éternité — avant qu'il ne se décide vraiment, disparaissant alors du champ de la caméra, tombant sans aucun doute de tout son poids comme un paquet, au lieu de flotter dans les airs.

Rodin va et vient comme un fauve dans son atelier de l'hôtel Biron. Il se retourne vers la caméra de Sacha Guitry, il regarde et s'immobilise un bref instant comme s'il posait chez le photographe, puis se remet à taper sur son burin. « Vous me direz de m'arrêter quand vous commencerez, que je ne bouge pas », aurait-il glissé au cinéaste amateur. Camille Saint-Saëns joue du piano puis, face au public pour cette unique circonstance, dirige de main de maître un orchestre d'autant plus silencieux qu'il est imaginaire. L'avocat Henri Robert se lance dans une plaidoirie enflammée bien que la cour d'assises soit parfaitement fictive. Anatole France range des piles de livres dans sa nouvelle bibliothèque. Antoine, le metteur en scène, dirige deux comédiens qui répètent *L'École des femmes.* Renoir aux doigts paralysés ne cesse de peindre, aidé par son fils Jean qui presse les tubes de couleurs pour lui. Monet est à l'œuvre dans sa propriété de Giverny. Il semble une émanation de la flore aquatique et des sels d'argent de la pellicule.

Le meneur de jeu couvre de son verbe les images muettes comme s'il fallait à toute force colmater le vide. Il sature la projection au point de nous faire voir de nos yeux ce qui n'est jamais visible. Et jusqu'à la mort au travail, la mort qui danse autour des vivants : celle d'Octave Mirbeau, épuisé de vivre, celle de Monet tandis que Clemenceau, raconte Sacha Guitry, court en voiture à son chevet pour embrasser une dernière fois son vieux frère.

Ce que disent ces personnages extraordinaires nous ne l'entendons pas, nous ne l'entendons plus (et dans les années 50, à l'heure de la naissance de la télévision, lorsque Guitry complète son film, il ne songe pas à reconstituer ces phrases, comme ferait un sourd-muet lisant le mouvement des lèvres).

Agissant tel un anesthésique, la voix de Sacha Guitry empêche surtout de s'apercevoir que tous ou presque sont saisis d'une véritable fringale de langage. Ils n'arrêtent pas de parler, et de parler à un interlocuteur tantôt présent tantôt absent du champ, à un ami dont la compagnie ne fait aucun doute.

C'est que le portraitiste de *Ceux de chez nous*

ne filme pas des Grands hommes qui, à travers lui, auraient voulu interpeller la postérité, il filme des proches, des familiers, des intimes qui s'adressent à lui, et à lui seul.

Aussi dans ce film, le premier du genre, les uns agissent pour la caméra, les autres poursuivent leur travail. Certains jouent leur propre rôle, d'autres le jouent vraiment, mais personne ne fait semblant. Les peintres peignent — et ce sont les plus indifférents au spectacle de leur personne. Sarah Bernhardt, tout en blanc et joyeuse, se fait donner une feuille sur laquelle est copié un poème. Elle le lit tendrement au jeune Sacha assis sur le banc à ses côtés, un canotier sur la tête. Elle s'esclaffe, on dirait Colette — le jeune Proust, aussi, lui a tourné autour. Octave Mirbeau n'écrit pas au moment où il est filmé, Edmond Rostand s'y résout un peu plus tard. Anatole France suit son exemple. Assis devant une table, il décide d'écrire un message à son interlocuteur, malgré la mauvaise plume que lui a prêtée la bonne de la maison. En guise d'autographe, il n'exécute pas la pirouette qu'on attendrait, l'énorme pâté que certains se rappellent. Sa plume accroche certes le papier et creuse deux taches d'encre en cours de chemin, mais on les devine seulement. Anatole France les essuie, précise la voix du souffleur, sur son pantalon, sans s'interrompre pour si peu.

La rareté et l'antiquité font évidemment le prix des vues de *Ceux de chez nous*, mais le trouble qui nous envahit est ailleurs. On scrute un plan volé dans une rue de Paris d'une activité débordante : parmi les piétons du boulevard de Clichy que l'on voudrait identifier, on reconnaît enfin, au bout de quelques fractions de secondes, Edgar Degas. Escorté d'une accompagnatrice, Degas qui ne voulait pas être cinématographié, c'est le commentaire qui l'explique, marche vers nous. Il avance dans notre direction, sans nous fuir, sans faire attention à nous, sans nous apercevoir. Il ne nous tourne pas le dos comme on en jurerait. Il nous ignore, d'autant qu'il avait presque perdu la vue.

Degas est le seul à tomber ainsi, et à son insu, dans l'embuscade que lui tend le cinéma. Pourtant, tous ne sont-ils pas comme lui, aveugles, puisqu'ils ne nous voient pas ?

Détail révélateur : de tous les personnages filmés, seul Sacha Guitry jette d'incessants coups d'œil vers la caméra. Est-il inquiet de ce que fait ou ne fait pas l'opérateur, s'assure-t-il que l'appareil tourne bien comme il le veut ? Il viole, sans le savoir, sans le vouloir, la barrière infranchissable entre l'écran (où il est) et la salle (où nous sommes), entre les deux mondes. Il cherche à faire la navette entre les morts et le vivants.

Il y a davantage. Ce film muet et trop rapide a ceci de proprement sidérant, au point d'être toujours inoubliable même pour ceux qui ne l'auraient vu qu'une fois, qu'il apporte la démonstration éclatante de ce qu'est l'art du portrait.

Le portrait, c'est-à-dire la relation entre le peintre et son modèle, n'est pas un savoir-faire de vitrier, c'est un petit théâtre. Ou plus précisément un piège — même si l'on ne sait pas très exactement ce que l'on va attraper, ni ce que l'on cherche. Un piège où la piété et l'adoration ont autant leur place que la cruauté.

Marcel Proust n'a été filmé par personne, pas plus que par Sacha Guitry.

À quoi ce film aurait-il ressemblé si jamais Proust avait accepté, si jamais les deux hommes ne s'étaient pas cordialement ignorés ?

À qui l'auteur de *Du côté de chez Swann* aurait-il ressemblé ?

À Sherlock Holmes ?

Le ciel et la plage de sable en contrebas du Grand Hôtel sont plus surexposés que nature.

La silhouette marche sur la digue. L'homme est toujours armé d'un parapluie pour se défendre des derniers rayons du soleil, il ne quitte jamais son lourd pardessus de vigogne gris perle qui date des années lointaines (on ne voit pas que la doublure est de couleur parme, en satin).

Fin septembre, vers la fin de l'après-midi, la lumière est si tendre, et l'air respirable. C'est 1914, le dernier été du siècle. Proust était venu à Cabourg pour la dernière fois de sa vie.

Fou de téléphone, c'est par le truchement passablement approximatif du théâtrophone que Proust, en février 1911, a goûté chez lui, l'acte III des *Maîtres chanteurs* puis, quelques jours plus tard, *Pélléas et Mélisande*, transmis en direct de l'Opéra-Comique, à domicile.

Mais sa voix, nous ne la connaissons pas.

Irrésistiblement nous l'entendons comme celle d'Apollinaire qui psalmodie d'un ton las, au milieu d'une pluie quaternaire, *Le Pont Mirabeau* gravé sur un disque de cire, noir comme une tranche d'anthracite.

Ses amis expliqueront qu'en le lisant ils copient instinctivement sa diction, son ton légèrement chantant, son timbre lointain de conteur oriental. Quand il parle, il arpente un dédale de phrases qu'il déroule lui-même. Ses immenses monologues sont tout en méandres, digressions, réserves, repentirs que ses spectateurs d'occasion voudraient apprendre par cœur. Ce sont des phrases interminables dont le débit est modulé par un système savant de retenues, explique Jean Cocteau, et d'écluses, des pauses légères qu'il ménage dans la syntaxe, différents claviers sur lesquels il pianote.

Sa voix est douce, presque doucereuse, ajoutent certains.

On pourrait dire qu'elle est ouatée, prudente, monotone peut-être, ou plutôt chancelante, elle semble former des sons au-delà des dents et des lèvres, au-delà de la gorge. C'est la voix d'un ventriloque.

« J'ai voulu que les tons, la grâce,
Tout ce que reflète une glace,
L'ivresse d'un bal d'opéra,
Les soirs de Rubis, l'ombre verte
Se fixent sur la plaque inerte.
Je l'ai voulu, cela sera.
Comme les traits dans les camées
J'ai voulu que les voix aimées
Soient un bien, qu'on garde à jamais,
Et puissent répéter le rêve musical de l'heure trop brève ;
Le Temps veut fuir, je le soumets. »

Souvenons-nous du *Collier de griffes* dont l'auteur, Charles Cros, fut aussi à l'origine de l'invention du phonographe. D'emblée, l'enregistrement des sons comme des images a été perçu comme une extraction violente de blocs de passé, le présent n'étant jamais que du passé imminent, du passé en puissance.

Un diplomate fou d'érudition et passionné d'archéologie, qui termina sa carrière à Athènes à la fin du XIXe siècle comme ministre plénipotentiaire du royaume d'Italie, crayonna parmi le dictionnaire particulier de ses *Note azzure* une autre hypothèse plus vertigineuse encore. Il y conçoit que l'on mettra, littéralement, la musique en boîte, « comme le thon ou les sardines ». Il suffira de percer un trou pour que les ondes sonores commencent à vibrer, et qu'on entende une sonate, un opéra entier, un combat entre chien et chat, ou les dernières volontés d'un ancêtre.

L'idée que rien ne se perd dans l'univers relèverait simplement, si l'on peut dire, de la physique des particules. Collez bien votre oreille, soufflez la poussière des murs, grattez le sable du temps : l'antiquité est là, comme si c'était hier, en suspension, par strates, dans l'éther.

« Prenons un bout d'ancienne maison romaine. On extraira, au moyen du Phonoextracteur, les sons qui y adhèrent et on les emmagasinera dans les récipients. Les premiers sons seront bien entendu les derniers enregistrés et les paroles entreront à l'envers dans le récipient. Mais une fois le récipient renversé, elles se redresseront. Et l'on assistera alors — à l'immense joie des latinistes — aux conversations d'empereurs et d'esclaves romains, on entendra les chants religieux étrusques, les discussions du Sénat, les divers rugissements des barbares... », écrit Carlo Dossi.

Quelques mois après le film de Guitry, en 1916, Guillaume Apollinaire ira jusqu'à imaginer, dans *Le Roi Lune*, que l'on pourrait stocker des voluptés et des désirs inavouables, livrer en pâture au corps et à l'âme des spectateurs des abîmes de sensations. Auteur de science-fiction à ses moments perdus, Léon Daudet, l'ami et le mentor de Proust, fabriquera à son tour, sous la marque « Dyonisos » une machine évocatrice des ondes du passé. À la faveur d'une certaine conjonction spatio-temporelle, l'appareil a pour puissance remarquable d'aspirer les mêmes spectateurs à l'intérieur de la projection, à l'intérieur de l'hallucination du temps, comme si le regard entraînait tout le corps à basculer dans le vide, dans l'espace d'une sorte de vue stéréoscopique géante, décuplant la perception, appelant à d'autres transgressions que celles des lois de la physique.

Depuis longtemps, Proust est fasciné par ce genre d'objets magiques. En février 1901, il donne à la *Chronique des arts et de la curiosité* la recension d'un mince livret publié par Robert de Montesquiou, *Pays des aromates*. Les pages qu'il commente ont fait office de guide pour l'une des plus minuscules excursions proposées aux visiteurs des pavillons de l'Exposition universelle, la collection Victor Klotz à la Rétrospective de la Parfumerie.

Le « professeur de beauté » de Proust s'était offert le luxe de passer systématiquement en revue ce qui n'était pas montrable dans l'Exposition de 1900, mais qui crève les yeux : les cheveux d'Esther avant sa présentation à Assuérus, macérés six mois dans l'huile de myrrhe, les bains de fraises et de framboises dans lesquels s'amollissait la « merveilleuse » Mme Tallien, Notre-Dame de Thermidor, l'horreur des roses éprouvée par Marie de Médicis qui s'évanouissait rien qu'à les voir, le musc dont était folle l'impératrice Joséphine, jusqu'à la chaleur des treilles et la fraîcheur des forêts, le néroli et la frangipane, l'odeur violette du cadavre des intoxiqués par l'acide prussique…

La gorge et les poumons du jeune écrivain ne toléraient pas le plus petit doigt du moindre parfum — mais celui qu'il préférait, prétend-on, était « Habanita » de Molinard. L'ensorcellement de son odorat lui faisait vivre le pire des supplices. C'est dire que lorsqu'il déambule, ne serait-ce que virtuellement, à travers le musée littéraire de la parfumerie que lui ouvre Montesquiou, Proust joue avec le feu. Son compte rendu se garde bien de citer même une strophe de la litanie des noms maléfiques : ce serait une formule d'incantation qu'il ne peut coucher sur le papier, mais qu'il n'a pu que chuchoter en lisant et relisant le guide des parfums.

Écrivant, le jeune Proust écarte toute fragrance qui lui chatouillerait les narines. Il ne donne aucun nom aux odeurs, ne nomme aucun des sucs et des poivres vaporisés par Montesquiou, ne cueille pas même une fleur, à la seule exception de l'hortensia, mais ses pétales sont un peu fanés — c'est une galanterie envoyée à l'auteur des *Hortensias bleus.*

Une fois n'est pas coutume, Proust reste abstrait

à un point tel qu'il ne peut être que délibéré. Il touche à peine au florilège de citations mais s'appuie sur la nomenclature qui la complète. Ce sont les contenants qui le fascinent, les contenants dont il peut parler à la place des contenus, les étuis, les poudriers, les fioles, les boîtiers, les vases, les flacons.

Des cassolettes de parfums, des « boîtes à odeur », il n'a aucun besoin d'ôter le bouchon pour que s'échappe ce qui le fera respirer. Le jeune homme sait déjà sans le savoir que c'est exactement cela même qu'il va passer toute sa vie à rechercher : « quelque chose d'aussi troublant et d'aussi délicieux, quoique des plus immatériels, l'odeur mélancolique, le Parfum impérissable du Passé ».

Alors pourquoi Proust déteste-t-il le cinématographe autant qu'il l'assure ?

Quand il accepte une fois de l'évoquer, c'est du bout des lèvres, en guise de métaphore. Le roman moderne, il s'en explique *a contrario*, ne saurait être bref, rapide, synthétique comme quelques jeunes gens l'ont réclamé. Si tel devait être le cas, « une sorte de défilé cinématographique » suffirait amplement, grimace-t-il (et par la même occasion, c'est sans doute une pique qu'il adresse personnellement à son cher cousin Bergson qui a bâti sa philosophie de la conscience, dans *L'Évolution créatrice*, sur cette même métaphore).

Défilé, défilement, l'expression est à entendre dans toute son ambiguïté. À ses yeux (mais personne ne sait s'il parle ou non par ouï-dire), le cinéma est au mieux soit un art ferroviaire, soit un art martial. Un savoir-faire qui cadence et découpe le monde, qui l'organise de manière infiniment réglée, uniforme. Mouvements de troupe ou traversée du paysage en chemin de fer : ce qui est donné à voir obéirait au point de vue de la machine, à une optique machinale. De cette mécanique est exclu, par définition, l'accident, l'aléa.

À apercevoir Proust manipulant pour les besoins de sa cause ce petit train et ces petits soldats, de vieux jouets d'enfant qui n'ont pas les vertus de sa lanterne magique, on ne peut s'empêcher de ressentir de sa part l'aveuglement. Sinon la mauvaise foi, par contraste avec la griserie que provoque sur lui l'ubiquité transmise par l'automobile ou l'aviation.

Ce n'est pas le reproche d'être une succursale du théâtre que Proust retient à l'égard du cinéma, comme le regrettent la plupart de ses contemporains éclairés — sans compter les intéressés eux-mêmes de l'avant-garde française qui s'épanouit alors à la recherche du « cinéma pur ».

C'est que le ruban de pellicule, feint-il de croire, communiquerait fatalement aux images son mouvement perpétuel, sa course ininterrompue : il ne permettrait pas de changer d'axe, de lumière ou de vitesse, de ralentir, d'accélérer, de s'arrêter, de s'éloigner jusqu'à aller très loin, de s'approcher de plus en plus près jusqu'à dilater l'infime grain, de travailler la matière du temps.

N'est-il pas incapable, écrit-il, de nous donner « le goût du café au lait matinal » que nous buvions dans un bol de porcelaine blanche « qui semblait du lait durci, quand la journée était encore intacte et pleine ».

Si en formulant les mêmes mots nous percevions, tous, les mêmes choses, si nous pensions de la même manière, si tout le monde savait ce que nous voulons dire quand nous disons : « Un mauvais temps, une guerre, une station de voitures, un restaurant éclairé, un jardin en fleurs », la réalité serait à peu près identique pour chacun. Or « si la réalité était cette espèce de déchet de l'expérience, résume Proust toujours dans *Le Temps retrouvé*, si la réalité était cela, sans doute une sorte de film cinématographique de ces choses suffirait ».

L'abîme a été creusé net (et de 1911 à 1922, les manuscrits ne changent pas un mot à cette phrase catégorique). Mais l'argumentaire opposé au cinéma pour le récuser ne devrait-il pas être retourné comme un gant ?

Un rien n'aurait-il pas suffi pour que tout vacille, pour que l'« art soi-disant "vécu", simple comme la vie, sans beauté, double emploi si ennuyeux et si vain de ce que nos yeux voient et de ce que notre intelligence constate » nous fasse connaître, au contraire, « cette réalité loin de laquelle nous vivons » ?

Un rien pour sentir le parfum impérissable du passé, pour que les palpitations miraculeuses de la mémoire involontaire pulvérisent les clichés, et inventent sous le tas de déchets le trésor — puisque, jamais, l'expérience n'est commune mais par nature exagérément unique. Un rien, pour ressaisir dans la nuit artificielle, au cœur de la projection de particules lumineuses, l'étonnement invraisemblable qui nous étreint devant les choses les plus vides, le goût que nous inspirent certains jours, à la dernière heure de l'après-midi, « cette réalité que nous risquerions fort de mourir sans avoir connue, et qui est tout simplement notre vie ».

L'été 1922, un savant américain annonce une fois de plus que la fin du monde est pour demain. Un reporter du quotidien *L'Intransigeant* demande à quelques célébrités du moment ce qu'elles feraient si cette fois c'était vrai.

« Je crois que la vie nous paraîtrait brusquement délicieuse, lui répond Marcel Proust. Songez en effet combien de projets, de voyages, d'amours, d'études, elle — notre vie — tient en dissolution, invisibles à notre paresse qui, sûre de l'avenir, les ajourne sans cesse. Mais que tout cela risque à jamais d'être impossible, comme cela redeviendra beau [...] Et pourtant nous n'aurions pas dû avoir besoin du cataclysme pour aimer aujourd'hui la vie. Il aurait suffi de penser que nous sommes des humains et que ce soir peut venir la mort. »

Les obsèques de Proust eurent lieu, donc, le 22 novembre suivant, c'était un mercredi.

« Quel bel enterrement ! Mais je l'avais toujours cru juif notre jeune homme... », susurre le délicat Maurice Barrès planté sur le trottoir de l'avenue Marceau devant Saint-Pierre de Chaillot — où Proust n'avait jamais mis les pieds jusque-là. L'orgue joue Ravel qu'il n'appréciait pas tellement, la *Pavane pour une infante défunte*... Pour quelle obscure raison ? Personne ne saurait dire qui lui a joué ce tour, quel persifleur, quel esprit moqueur.

Les murs de l'église sont tendus de noir. Trop de tentures, trop de cierges, trop de musique, murmurent les compagnons de jeunesse.

Les ducs et les duchesses s'adressent de petits signes, les princes et les comtesses s'agglutinent, il y a les membres du Jockey Club et pourquoi pas les Ballets russes, un détachement des corps constitués, la Chambre, le Sénat, l'Académie dont il rêvait, des habitués toujours en deuil et quelques jeunes poètes d'avant-garde... À la liste des malheureux qui, pour un empire, n'auraient pas raté l'ultime réception, un chroniqueur parisien ne craint pas d'ajouter « la grande pédérastie parisienne sur le retour », visages fardés, ongles peints, regards fureteurs.

Mais peu d'hommes de lettres, déplorent les mauvaises langues. Moins de quatre cents personnes, comptabilisent les jaloux (qui, pas une seconde, comme la plupart, n'auraient imaginé la suite).

Un millier d'amis, rectifie tout de même l'un de ceux-ci, « et qui savent ce qu'ils ont perdu ».

Cette semaine-là, entre le 16 et le 22 novembre, *Nosferatu le vampire* est sorti à Paris (sans grand succès), sur l'écran du Ciné-Opéra.

Novembre 1922 toujours, Vladimir Maïakovski séjourne dans la capitale. Le poète bolchevik est en voyage d'études. Il inspecte, observe, s'étonne. Il demande qu'on lui montre un grand écrivain, suggère deux noms : Anatole France, Henri Barbusse. Son cicérone sourit devant tant de mauvais goût : il faudrait plutôt qu'il rencontre « le Dostoïevski français », Marcel Proust.

Peine perdue, on est le 17 novembre, et Proust est au plus mal. L'écrivain russe ne pourra assister qu'à ses funérailles, parmi ce qu'il pense être la fine fleur du Paris artistique et officiel.

Le temps est sec, le ciel est clair et peu nuageux.

Un char débordant de fleurs précède le cortège qui va traverser à pied toute la rive droite par les boulevards. Vers midi, on commence à descendre les Champs-Élysées. Puis c'est l'avenue Gabriel et le théâtre Marigny qui abritait le panorama des Batailles disparues, là où l'enfant d'autrefois, au milieu du jardin sillonné par les marchands de ballons et d'oublies, jouait au volant et au cerceau avec les filles de Félix Faure qui n'était pas encore président de la République.

Rue Boissy-d'Anglas, Cocteau, Radiguet et compagnie font halte au « Bœuf sur le toit », le lieu de ralliement des Années folles — Proust y était venu s'initier au jazz. Après avoir pique-niqué de quelques crêpes, ils sautent dans un taxi pour arriver au Père-Lachaise avant les autres.

Treize mois plus tard, Raymond Radiguet suivra Proust dans la tombe. Puis ce sera au tour de

Maurice Barrès, et très vite d'Anatole France, et de Sarah Bernhardt, mais eux n'avaient plus vingt ans comme le jeune prodige.

Le long de l'avenue, en montant vers la place Gambetta, on ne voit rien, que les vallonnements, le dos rond de la pelouse, les grands arbres. Le pire c'est le boulevard de Ménilmontant, désert à cette hauteur, rasé, lugubre, l'immense portail de l'Entrée principale au débouché de la rue de la Roquette qui monte depuis la Bastille, ce chemin que tous les cortèges ont martelé devant les habitants du quartier, les boutiques pauvres, les familles aux fenêtres parmi les draps qui pendent, les filles de la prison de femmes s'abreuvant à la rumeur de la foule.

Là-haut, la muraille dresse l'enceinte d'une caserne ou d'une maison d'arrêt, mais sans surveillance à tromper. Paris n'existe plus, c'est devenu Dieu sait quelle sous-préfecture d'un trou perdu, une ville des morts. Les jours interminables, la vie qui n'en finira jamais. Été comme hiver, c'est toujours novembre. Il fait un froid glacé, le vent s'engouffre en sifflant entre les platanes.

Le Père-Lachaise lui-même n'apprécie pas beaucoup les nouveaux venus. Le cimetière a tout de suite l'apparence d'un chantier, les gravois, la terre pelletée à grosses mottes sans l'espoir d'exhumer le moindre trésor, les planches branlantes au-dessus de la tranchée.

Accrochées aux flancs rocheux du Péloponnèse, les petites tombes blanchies à la chaux dominent le bleu violent de la mer. La flamme des grosses bougies rouge vacille sans fin. Une photo et quelques bricoles sont rangées à l'abri de la petite vitrine qui coulisse à la tête de lit. À côté des souvenirs du cher défunt, il y a un verre ou deux pour boire la citronnade fraîche avec laquelle on vient en visite, le chiffon à poussière et une petite bouteille de produit d'entretien pour le ménage.

Les cimetières, il faudrait les installer au creux des forêts, parmi les prairies, au milieu des cours d'eau du Pré-Catelan ou dans les îles qu'on n'atteindrait que certains jours en empruntant le bac. À San Michele, au large de Venise, les édifices ressemblent à des classeurs, à des travées de bibliothèque, ils sont tout petits comme les tombes en désordre des enclos voisins. Sur celle de Diaghilev des ballerines ont été jetées en offrande, des ballerines sales et dépareillées. Puis une voix retentit par haut-parleur dans le silence de l'île. La voix de femme venue d'outre-tombe, la voix sans corps comme celle de la Mort ou des téléphonistes de jadis invite le visiteur à s'en aller. Elle profère en quatre langues un message qu'elle répète dans le vide, inlassablement, en boucle.

Le caveau de famille se trouve tout en haut. Il a fallu gravir la pente jusque-là, passer devant d'innombrables guérites sous le regard des statues, marcher parmi les feuilles qui sont déjà tombées. Enfin à l'entrée de l'allée — 85ᵉ division, première ligne à gauche du chemin de deux mètres —, un homme-oiseau monte la garde. Un mausolée familial célèbre dans la pierre tendre le visage énergique d'un jeune aviateur mort au feu. Ironie du destin, ce héros se prénomme Albert — dont Albertine a toujours été le sexe faible et transparent.

N'est-ce pas sous ce loup de carnaval son petit mécanicien, son cher Alfred Agostinelli que Proust avait voulu travestir, parmi d'autres, coucher pour toujours sur le lit de papier ? Or, c'était quelques semaines avant la déclaration de guerre, Agostinelli (sous le nom d'emprunt de « Marcel Swann » !) s'était écrasé en aéroplane dans les grands fonds de la Méditerranée. Il savait à peine piloter. Après que des plongeurs réussirent à ramener le corps dans sa mante de caoutchouc, Proust, accablé, envoya une couronne d'un prix faramineux, mais la famille déplora que ce ne soient pas des fleurs artificielles — ce qui aurait permis à l'avenir de réduire la dépense.

Trois pas de plus, et c'est la tombe des parents. Une simple dalle de marbre noir qui brille comme un miroir, c'est effrayant.

C'est aujourd'hui une autre que celle d'origine. Confondue une nuit d'automne avec celle d'un martyr sacrifié pour la cause et qu'il valait mieux tuer une deuxième fois, elle a été la cible d'un attentat il y a une vingtaine d'années, dont personne ne veut parler.

Quant à la tombe élancée qui se dresse en vis-à-vis du tombeau des Proust (il faut se retourner pour la voir ou, mieux, adopter le point de vue des morts), en cette saison elle est tapissée de mousse verte. En s'approchant on peut déchiffrer le nom de ces voisins. Il est gravé en hauteur pour faciliter la lecture : c'est celui de la famille « Pages ».

Une immense pancarte signale en lettres capitales qu'il est interdit de fumer. Dès l'ouverture de la salle du cadastre, un nuage de tabac gris vicie l'atmosphère, les employés se racontent la soirée de la veille, C'est l'épopée de la vie de bureau parmi les boîtes, les fichiers, les registres. J'appelais trop tôt ou je venais trop tard. « Elle est sur le terrain », me répondait-on invariablement quand je demandais à parler à la demoiselle qui, seule, pouvait me dire les secrets du lieu. Du tombeau surmonté de crânes et de petits démons dans lequel avait été inhumé le physicien et aéronaute Étienne-Gaspard Robertson, l'inventeur de la fantasmagorie domicilié allée Casimir-Perier depuis 1837, j'avais tout voulu savoir. La date du ravalement (la pierre grattée a fait perdre au sarcophage son parfum de messe noire), l'année où le marronnier gigantesque a été planté, pourquoi les autres noms n'apparaissaient pas, car dans le tombeau ils sont douze.

Maintenant c'était Proust qui m'amenait. Proust ? L'écrivain ? On ne voulait pas me donner de renseignements, c'était confidentiel. C'est qu'il y avait encore des ayants droit, le terme était chargé de tous les interdits. Une fraction de seconde, j'entrevis sa descendance, une kyrielle de jeunes filles qui s'égaillaient à travers les buissons, elles avaient toujours leur peau de pêche, leurs rires en cascade.

Au cadastre, ils s'embrouillèrent. Je finis par savoir grâce à eux, malgré eux, ce que je voulais savoir, s'il avait été inhumé ou non avec ses parents. On avait en effet prétendu que seule sa mère était dans la tombe, que Marcel, une fois mort, l'aurait eue pour lui, pour lui tout seul, qu'enfin il avait pu calmer son vieux chagrin d'enfance, son fantasme de fils unique, quand sa mère l'abandonnait le soir pour retrouver les invités au salon.

Ils m'ont assuré du contraire, s'obstinant à confondre le fils et le père qu'ils métamorphosaient en héros grec : Achille, disaient-ils en guise d'Adrien Proust (c'était son second prénom), était bien enterré là depuis 1903. La preuve formelle, je l'avais entre les mains, la petite fiche cartonnée jaune tilleul spécifiait par la voie dactylographique que celui qui avait eu le redoutable privilège d'inaugurer les lieux, comme il faut le dire en pareille circonstance, était bien le professeur Proust, médecin des hôpitaux de Paris, membre de l'Académie de médecine, auteur de plusieurs traités d'hygiène (dont *L'Hygiène du neurasthénique* qui devait passionner son fils), avant d'être rejoint deux années plus tard par son épouse. Une fois de plus, le père et la mère attendaient donc Marcel.

Au fur et à mesure de ses tribulations à travers Paris, ils n'avaient jamais cessé d'habiter avec lui après leur mort, dieux lares peints aux murs du salon de ses demeures successives.

C'est son portrait tout craché. Il a les yeux de sa mère, s'attendrissait-on, surtout lorsque Marcel s'amusait à faire le maladroit ou l'ingénu.

Les yeux de la morte ont été greffés sur le visage du fils, dans le creux de ses orbites. Il regarde le monde avec ses yeux à elle, il lui fait voir ce qu'elle n'a jamais cherché à voir, ce qu'elle n'a jamais voulu savoir.

Proust aurait avoué qu'à la disparition de sa mère il avait été tenté de se laisser mourir. C'est la conséquence de son acte, la perspective de commettre plus qu'un crime, un parricide, qui l'aurait fait reculer : avec lui aurait disparu le souvenir qu'il avait d'elle. Mais qui sait si la faire revivre, ce n'était pas vouloir lui ouvrir trop grands les yeux ?

Il adorait jouer au jeu des ressemblances, il identifiait les sosies au beau milieu de ses contemporains, les doubles de Victor Hugo, de Pasteur, de Liane de Pougy, de Sarah Bernhardt... D'un être à l'autre il guette les similitudes, les réincarnations, les changements de sexe, les secrets de famille. Il est insatiable, il épie les incestes, entre sœurs et frères, entre fils et mères.

Quand un jeune inconnu lui envoie une lettre de Mayence, il lui réclame d'abord sa photo. Il veut voir de quoi a l'air ce Jacques Benoist-Méchin qui lui a écrit, s'il ressemble à sa mère qu'il avait fréquentée dans les salons du faubourg Saint-Germain vers les années 1895 — vingt-cinq ans plus tôt. Or celle que Proust veut apercevoir par transparence sous l'image du fils, en filigrane, cette femme n'est pas la vraie mère du garçon. Le jeune homme ne l'a même jamais rencontrée, car c'était la première épouse de son père. D'où le cas de conscience de Benoist-Méchin, mais s'il avoue, il risque de vexer affreusement son correspondant, et pis encore de perdre tout mystère, tout attrait à ses yeux.

Il envoie donc, sans commentaire, une photo de régiment, un instantané pris au cours d'une promenade en bateau sur les bords du Rhin dont l'auteur est un autre conscrit (Robert Le Vigan en l'occurrence, qui n'est pas encore acteur), comme dans les petites annonces matrimoniales.

Proust remercie vivement le jeune soldat, trouvant, bien entendu, qu'il ressemble étonnamment à sa « mère ». Benoist-Méchin s'enferre d'abord dans l'imposture puis, pris de remords, finit par avouer la vérité. La réponse qu'il redoute lui parvient enfin dans sa caserne. Au lieu d'être fâché, Proust lui explique sa théorie — l'image du type érotique de leur père est ce dont les fils sont matériellement, physiquement, l'écho, on pourrait dire le révélateur — bien au-delà même de la biologie, des liens du sang.

J'ai vraiment horreur du Père-Lachaise, mais j'ai commencé à revenir. Le matin, le soir, à midi, je me suis mis à rôder, sous le crachin ou quand le ciel trop bleu est ponctué par le trait blanc d'un avion de ligne. Les fantômes allaient bien finir par se laisser apprivoiser, ils viendraient à ma rencontre. « Nous les vivants, Proust l'avait écrit, nous sommes tous des morts qui ne sont pas encore en fonction. »

Je croisais des pèlerins, des randonneurs. J'évitais les habitudes, je changeais d'heure, je variais les approches, les tactiques. Je m'égarais souvent, je n'arrivais pas à revenir sur mes pas. De l'aube au crépuscule, du chien au loup, la lumière mais surtout le son, les bruits ne sont jamais semblables. Le pire côtoie l'effroi, et puis insensiblement on passe de l'autre côté.

Aux premières lueurs du jour, c'est August Strindberg qui parcourt les allées. De son poing serré, il tient précieusement un petit flacon d'acétate de plomb liquide qu'il promène parmi les tombes, « comme un oiseleur exempt de la peine de leurrer [sa] proie » — la scène se jouait vers le tournant du dernier siècle, au cimetière de Montparnasse.

Il chasse les âmes, c'est-à-dire les corps dématérialisés, convaincu que le feuillage des ormes et des tilleuls, les roses même pourrissantes, les larmes des uns et des autres, tout cela exhale le fluide des disparus.

Strindberg n'a pas cherché seulement à réveiller les morts, à capter leur présence outre-tombe. À travers tout son appartement, jusque dans son cabinet de travail, il disposera des images photographiques de tous les proches dont il est séparé, des visages grandeur nature, des portraits en pied, des agrandissements dont il s'entoure à la fin de sa vie.

Comme d'autres qui voulurent enregistrer avec l'apparence visible des humains l'aura de leurs passions et de leurs pulsions, Strindberg prétendit même, carrément, photographier l'invisible. Ses « célestographies » sont prises sans appareil ni objectif, sans intermédiaire autre que la surface d'impression de la plaque sensible. Elles veulent photographier l'âme, faire de la photographie un instrument de divination, un médium.

Avant lui on avait bien conçu, et tout aussi sérieusement, l'« optogramme ». C'était l'instrument irrécusable, estimait-on, pour identifier les criminels. En analysant de très près la photographie de la rétine des victimes de mort violente, on devait parvenir à restituer la dernière image qui s'y était imprimée, l'instant fatal.

Cette lubie avait partie liée avec les origines de la daguerréotypie. Balzac n'avait-il pas forgé, de l'aveu même de Félix Nadar qui l'avait entendu de sa bouche, sa propre physiologie de la photographie, ce qu'il nommait la « théorie des spectres » ? Chaque homme étant composé d'une superposition de fantômes, « foliacées en pellicules infinitésimales », les prises de vue successives devaient fatalement dépouiller l'individu photographié de chacune de ses enveloppes.

Nous pourrions faire le rêve d'avoir entre les mains quelques « célestographies » de Proust, pour emprunter la formule de Strindberg. Mais pas plus qu'elle n'a gribouillé de notes ou tenu de livre de bord, Céleste n'a pris la moindre photo de son monsieur Proust. Quelle mouche l'aurait piquée !

Proust, quant à lui, aurait-il, au moins une fois dans sa vie, été photographe ?

On a pu sérieusement soutenir l'hypothèse en observant un cliché qui représente Adrien Proust, son père, en compagnie de Robert Proust, son frère. Les deux hommes se tiennent debout, sur le balcon d'un immeuble parisien, dans la perspective fuyante et immatérielle d'une rampe de fer forgé qui part en arrière comme un toboggan de pierre. Du côté du vide inondé de soleil, on aperçoit la ville déserte, d'autant plus en plongée que la chaussée descend presque à pic, le carrefour avec l'omniprésent boulevard Haussmann (c'est au deuxième étage de l'appartement moderne de la rue de Courcelles, un huit-pièces où les parents s'étaient transportés, juste au-delà de la place du Pérou).

On croirait volontiers la toile de fond d'une œuvre de Gustave Caillebotte qui, dans les années 1880, a beaucoup peint ses proches ou les a photographiés devant les fenêtres et les balustrades des immeubles haussmanniens.

Collé derrière le père (un homme d'une soixantaine d'années à barbe poivre et sel), le fils cadet paraît son reflet, son successeur en pleine force de l'âge. Tous les deux, dans le noir de leur costume qui tranche avec la pâleur propre au décor, affectent un air de fierté, le contentement de soi que donnent la réussite sociale, la connivence virile (prochainement le père va marier le fils — par raison —, avec la propre fille de sa maîtresse). Ils sont les deux interprètes d'une allégorie bourgeoise, une célébration du Temps.

Adrien et Robert Proust sont venus se présenter au jour. La lumière extérieure est vive à cette heure, et derrière eux, les persiennes sont rabattues, car il faut épargner les tissus et les tentures des ardeurs du soleil. Pour obéir à l'injonction du photographe inconnu, le père est arrivé du salon, il est sorti sur le balcon en passant par la porte-fenêtre, il tient encore à la main un journal plié en deux, le journal qu'il devait être en train de lire à l'issue du déjeuner, ou peu avant de passer à table.

Les deux hommes ne fixent pas l'objectif, ce qui aurait été leur réflexe si la photo avait été prise à l'aide d'un appareil à déclencheur automatique ou à retardement. Ils regardent légèrement vers la droite de l'œilleton. Celui qui les vise doit être un familier. À son intention, le professeur Proust n'a pas cru nécessaire d'ôter le calot d'intérieur dont il se coiffe le crâne quand il est en famille. Imagine-t-on un tiers bénéficier d'une telle marque d'intimité ?

De plus, si c'était un étranger au cercle domestique qui avait photographié la scène, cet invité n'aurait-il pas dû, après ce premier cliché, prendre un second cliché, parfaitement symétrique du précédent ? Et cette fois Marcel aurait été prié de venir se substituer à son benjamin. Il se serait placé en compagnie de son père et se serait rangé, à son tour, derrière le chef de famille. Or si cette photo n'existe pas, n'est-ce pas que Marcel a bien joué, exceptionnellement, le rôle du photographe ?

Et l'appareil, à qui d'autre appartiendrait-il qu'à Robert ? Le XXe siècle s'ouvre. Le jeune chirurgien apprécie tout ce qui est moderne, toutes les nouveautés de la technique. C'est un Folding, certainement, c'était facile à manier, ou qui sait même un stéréoscope Ligier, cette petite machine qui ne cessera, parallèlement à l'invention du cinéma, de mettre l'époque sous vide. Robert Proust a préparé la prise de vues, il a montré à son frère comment procéder, puis il est retourné prendre la pose, non sans inquiétude pour la réussite de l'opération.

Après s'être contorsionné car le balcon est étroit, l'exécutant a pris appui sur la ligne floue qui est au centre de l'image, la rambarde au-dessus de la ville. Au bout du balcon de la rue de Courcelles, c'est Marcel que regardent pour toujours le père et le frère, c'est lui l'absent que, nous, nous voyons, si seul, au fond de leurs yeux.

De Proust adulte, il n'existe tout au plus qu'une vingtaine de clichés. Hormis les très rares images de la toute fin de sa vie, ces photos remontent exclusivement à la période qui s'étend du commencement des années 1890, après son service militaire, au début des années 1900. Coquetterie de comédien ou refus de paraître, Proust ne laisse en fait aucune image de lui après l'époque 1903-1905 (il se trouve que ce sont aussi les dates de la mort de ses parents, avant qu'il entreprenne l'écriture de son livre).

Ces portraits nous ont insensiblement accoutumés à voir à travers des masques juvéniles, parfois renfrognés, parfois souriants, toujours empreints de mélancolie, un Proust changeant et censé vieillir, mais éternellement fidèle à lui-même.

Proust ne semble-t-il pas, par sa façon d'être et de se montrer, par son physique et son habillement, par l'idéogramme de sa moustache, comme un frère secret des acteurs comiques et élégants qui amusent les années dix et vingt, indifférents aux catastrophes qu'ils déchaînent sur leur passage.

Du reste, rares étaient ceux qui, le connaissant bien, le prenaient au sérieux. Lui qui a toujours dit *papa*, *maman*, et jamais *mon père*, *ma mère*, il s'est rétrospectivement fait traiter de vieil enfant gâté, et c'est vrai que dans sa chambre il jetait tout à terre dès qu'il n'en avait plus besoin, papiers, mouchoirs, journaux, choses sans valeur.

Attaqué par l'urémie, il finit par gonfler, mais ressemble à un poupon, à un gros collégien. Il devient unanimement dans la bouche de son frère Robert, de Léon Daudet, de Barrès, de ses intimes : « le pauvre petit ». Emmanuel Berl assurait d'ailleurs que pour lui un vieillard n'était qu'un jeune homme auquel l'âge a surimposé une perruque, une barbe, un faux nez, des rides postiches.

En mai 1921, Proust réapparaît enfin dans le bain révélateur. Trois photos sont prises de lui, certainement en tout début d'après-midi, devant l'esplanade du Jeu de Paume, à l'aide d'un petit Vest-pocket instantané dont avait dû se munir Jean-Louis Vaudoyer qui l'accompagnait aux Tuileries.

C'est de là que date la dernière photographie,

la plus connue : il se tient le plus droit qu'il peut, silhouette martiale maintenant sa canne comme un sabre de bois. Il résiste de toutes ses forces à la pression atmosphérique, il dilate ses poumons avant de prendre son envol. Les deux autres photos sont des plans plus serrés du visage et du buste, col cassé, grosse cravate hâtivement nouée, Sur l'une, Proust ferme les paupières juste à l'instant du déclic comme s'il rentrait en lui, et sur la seconde dont le fond de feuillage a disparu, gommé par un nuage, la légère contre-plongée de la prise de vue accentue le caractère extatique de la physionomie. Le regard est ouvert cette fois mais vide, absent, les cernes profonds, le bas du visage tuméfié, tandis que sa veste attaquée par la décoloration semble déjà piquetée sous l'effet du vert-de-gris.

Par comparaison, c'est sur les portraits mortuaires de la rue Hamelin que Proust a bien davantage l'air vivant, absorbé par le dernier sommeil, à l'abri de ses songes.

L'enchevêtrement des dates, des noms, des prénoms, ces couches de mémoire, ces précipices d'oubli, ces chagrins, ces absences, ces jalousies, ces sentiments lentement additionnés, tout afflue, tous ces destins en raccourci, ces destins lapidaires que résument des messages cryptés, des mots doux presque effacés ou des trouvailles d'humour noir.

Les chefs-d'œuvre de la statuaire funéraire sont peut-être du même acabit que les ex-voto les plus dérisoires. Au sommet des marches, à l'intérieur de Santa Maria dei Frari, la porte du tombeau de Canova, une pyramide fulgurante, est restée entrouverte. Ici, sur une case de la marelle géante, le visage de Mme Raspail n'est qu'un drapé de tissu qui se confond avec la pierre. Seul son bras nu et alangui s'agrippe comme le lierre au soupirail du cachot où a été jeté son mari. On dirait une statue, plus grande que nature, de Céleste.

Balzac, Gérard de Nerval, Champollion, Gustave Doré, et Charles Nodier, et Nadar, et Apollinaire, avant que n'arrivent Méliès et Raymond Roussel, et Reynaldo Hahn à la voix si tendre quand il chantait le ciel si bleu, si calme… Les Indiens dont on avait inhumé les ancêtres allaient les déterrer la nuit selon un rite immémorial, pour les porter dans une caverne afin qu'ils ne soient pas fatigués par le poids du sol.

Proust a beau reposer en bonne compagnie, sous terre comme les jours doivent sembler longs. À quoi rêve-t-il certains soirs ? Parques attendries, anges au regard vide, fiancés éternels, mères éplorées, petits démons, masques de plâtre, visages de marbre, photos délavées, reliques de pacotille… La verroterie s'émiette, mais les diadèmes sont toujours fleuris. Sous chaque dalle, il y a des clefs. Sous chaque pierre, il y a une maison hantée.

Qui saurait lire, à travers quelques lettres gravées, les extraordinaires secrets de la filiation et tous les amours impossibles ? Noms que l'on déchiffre, noms que l'on épelle, les êtres que l'on nomme renaissent sur les lèvres, les âmes errantes trouvent enfin leur sépulture.

Plutôt que de soulever les toitures, il faudrait écarter les dalles, piller les tombes, enjamber les gisants, tous contemporains, identifier chacun des spectres agglutinés les uns aux autres, pratiquer la chiromancie, la métempsycose, l'invocation des mânes, la résurrection des corps.

Qui ne voudrait remettre sur les ossements blanchis la chair, et puis le sang, le souffle, le regard, la fossette au menton, les boucles de cheveux, les grains de beauté qui sont le sel de la vie, et qu'il faut de douceur avec les belles endormies pour leur faire goûter le philtre sans rompre l'enchantement.

C'est notre Égypte, c'est notre Pompéi. Comme les tombes du cimetière juif de Prague, tout en désordre parmi les nuées de corneilles semblables à l'encre qui perle au bout de la plume, chacune de ces stèles est la page d'un livre ouvert. Un livre dans lequel on marcherait vraiment, se faufilant entre les parois et les corridors, avançant d'un pas léger pour franchir l'invisible.

Aucun éloge funèbre n'a été prononcé. Mais le défilé des condoléances s'éternise.

S'il avait eu encore ses yeux pour tout voir et ses oreilles pour tout entendre, le défunt se serait régalé. Picasso qui avait croisé Proust lors de la fête donnée par Étienne de Beaumont pour le dernier réveillon, quelques mois plus tôt, ne l'avait-il pas percé aussitôt à jour, en connaisseur : « Regardez-le. Il est sur le motif ! »

Le convoi qui semble une fourmilière, une procession d'insectes, est un immense rébus. Toute la tribu est là, tous ses modèles en vrac, des bras, des jambes, des mains, des sourires, des mines, des larmes, des têtes, des carapaces. Tous les corps en morceaux dont Barbe-Bleue dans sa tanière, avec de la colle et des ciseaux, a composé les doubles, les poupées : Gilberte, Swann, Odette de Crécy, les Guermantes, les Verdurin, Saint-Loup, Motel, Elstir, Vinteuil, Cottard, le baron de Charlus, et même Albertine, les petites filles modèles et miss sacripant, les reines de mi-carême, les dames galantes qui se prennent pour Mme Bovary, les pleureuses, les égéries, les garçons manqués et les mauvais garçons, les jeunes filles en fleurs et les belles au bois dormant.

Parée d'un éventail en plumes de cygne, la comtesse Greffulhe apparaît dans un nuage de mousseline, elle est habillée par Worth en velours noir à lys blanc ou costumée en Notre-Dame de Thermidor, Mme Aubernon est en Walkyrie comme Marie Benardaky, en Minerve comme la marquise d'Hervey de Saint-Denis, et puis voici Mrs Standish (qu'il observera de sa fenêtre quand il habitera rue Hamelin), la princesse Bibesco, Henri Greffulhe, l'ogre à barbe blonde qui contrefait Golo ou Jupiter, Robert de Montesquiou bien entendu, Laure Hayman, Madeleine Lemaire, Laure de Sade, c'est-à-dire la comtesse de Chevigné qui, parce qu'elles étaient trop longues à son goût et qu'elles encombraient ses tiroirs, a perdu ou brûlé la plupart des lettres dont son admirateur ne cessa de l'abreuver. Lequel lui écrivit (c'était à la fin, il avait déménagé pour la dernière fois) : « J'ai eu des crises cardiaques chaque fois que je vous rencontrais »...

Albums de famille, cartes album, photos d'amis, photos de ses chères idoles, les images miroitantes au gélatino-bromure d'argent ont été pour lui des gages, des trophées. Fétichiste en la matière, comme s'il devait extraire du monde ambiant des échantillons, des preuves tangibles, et d'abord à ses yeux, qu'il n'avait pas tout inventé, il lui avait fallu arracher ces petites photos à leurs propriétaires, les ôter à leurs modèles. C'est un trésor qu'il a amassé dans son antre, dans sa chambre noire.

Il a dû accomplir des actions prodigieuses pour arriver à posséder tous ces corps chimiques, ces figurines, ces effigies d'exorciste, ces icônes. L'image des filles vaut celle des mères qu'il n'a jamais pu obtenir. Il lui a fallu patienter sept années, sept ans de malheur à attendre, avant que Robert de Rothschild ne lui remette enfin, au Ritz, un autre soir de 1922, un petit bristol de son cher Bertrand de Fénelon tué au front depuis le début de l'hiver 1915.

L'encre n'a pas d'odeur, les images, oui. Sur toutes ces photos glacées, c'est l'ombre de Proust que l'on perçoit. Son souffle que l'on entend, son sang qui bat, ses mains. Tous ceux-là, toutes celles-là qui se pavanent sur les bouts de carton, il les a à sa merci. Mais ces corps savamment habillés, ces belles âmes qu'il cache dans le tiroir de sa commode, n'occupe-t-il pas son temps à les dépouiller, à les mettre à nu ? Il veut voir ce qu'il y a dessous, comme dans les collections de photos « curieuses » ou « orientales » qui circulent sous le manteau : tailles de guêpes, chairs, viandes, graisses, postures, féerie de bazar, exotisme de harem.

Pour une fois en arrivant chez lui, on n'est pas reniflé par Céleste.

La chambre est glacée comme un caveau. Malgré le froid de loup, il avait interdit qu'on allume la cheminée de peur de suffoquer, de crainte d'étouffer. Marcel Proust aimait tant répéter à Lucien, le petit frère de Léon Daudet, le diagnostic du pneumologue qu'il avait souvent consulté : « Je pourrais peut-être faire disparaître votre asthme, mais je ne le veux pas. Au point où vous êtes asthmatique, et étant donné la forme que l'asthme a prise chez vous, il est pour vous un exutoire, il vous dispense d'autres maladies… »

Dans le vestibule, dans le salon dissimulé sous les housses, les visiteurs foudroyés chuchotent des messes basses. Tout l'appartement ressemble à une villa cambriolée, à une maison abandonnée. Les amis sont tout étourdis : ils défilent dans sa loge à l'heure où jamais, jamais de la vie, ils n'auraient été admis. Ils bafouent tout à coup l'étiquette, l'extrême protocole des lois de l'hospitalité.

Glissant comme un patineur lorsqu'il arrivait en retard dans les salons, flânant voluptueusement dans le monde, son camélia blanc à la boutonnière, coquet et « pimponné » (le mot est évidemment de Fargue) au point d'agacer par ses ronds de jambe et ses mines de bouche en cœur, chacun y va de son image :

Les yeux noirs, les yeux de velours pénétrants d'intelligence, les yeux de biche, les yeux brillants et bistrés d'insomnie, les paupières lourdes, la barbe frisée qui finit par lui manger la figure, son allure de peinture du Greco, de prince napolitain, de mage assyrien, la petite moustache de Charlot, les joues rasées de frais comme un fruit ou un légume mûri en cave, la peau très pâle, sa chair presque transparente, la frange si noire qui tombe sur le front, les cheveux raides et brillants comme s'il les avait passés au cirage, la dentition tellement blanche.

On invoque les fantômes, les jours, les plaisirs.

Ceux qui l'ont connu disent tous sa générosité : ses pourboires sont faramineux, il n'a de cesse que ses amis soient contents, il s'entremet, il rend service, il se ruine en fleurs et en présents charmants, il est prêt à dépenser 27 000 francs de 1914 pour acheter un aéroplane à son petit chauffeur, à lui commander une Rolls, et tout cela sans parvenir à l'attendrir.

N'ayant plus sa famille, il transfère sur le monde, dans lequel il descend certains soirs, son besoin de consolation, il se lamente pour qu'on le soigne et qu'on l'aime davantage, il se fait charmeur, il badine, il est sucre et miel, il flatte la terre entière, il s'ébroue librement dans la foire aux vanités.

Il oublie partout ses gants, envoie des cadeaux et des lettres interminables pour supplier qu'on les lui renvoie, échange des neufs à la place des vieux. On vante son extrême courtoisie d'élocution, ses raffinements de politesse (ses camarades avaient forgé par moquerie le verbe « proustifier »), sa douceur, sa modestie, sa vivacité d'esprit.

À tout bout de champ, il dit « peut-être ».

Anna de Noailles n'oublie pas que son regard profond et navré s'emplissait soudain de malice, d'un bouillonnement d'allégresse. Et Jean Hugo revoit les yeux battus presque suppliants, qui se mettaient tout à coup à pétiller comme du champagne. L'écrivain ne pouvait pas lire à haute voix, pour ses amis, quelques pages de son livre en cours, sans être saisi d'une crise de fou rire, un rire nerveux qui l'obligeait à s'arrêter.

C'est qu'il a été à rude école : « Monsieur l'académicien », plaisantait son père pour s'adresser à lui. Sa mère non plus n'était jamais en reste, elle adorait le taquiner. En classe de quatrième, son professeur de sciences naturelles menait une double vie : sous le pseudonyme de Christophe, c'était l'inventeur de *La Famille Fenouillard.*

Son sens du comique allait avec une sorte de don pour les imitations. Tout ce qu'il trouve, il le pastiche, il caricature même les dreyfusards dont il a été. Comme une seconde nature, il singe le vieil Anatole France, déchaîne par triplettes son goût des épithètes contradictoires — n'empêche qu'il l'a toujours nommé respectueusement « monsieur France ». Il mime les gémissements de Robert de Montesquiou (devant lequel il a longtemps fait semblant d'être agenouillé), ses gronderies, ses glapissements qu'il simule à la perfection.

« Vi-trier », « vi-trier »... Quand ça lui prend, il accueille ses visiteurs en leur chantonnant les cris de Paris.

Pour le ravir, il suffit de répondre :

« Ah mesdames, voilà du bon fromage
Il est du pays de celui qui l'a fait
Celui qui l'a fait, il est de son village
Ah, mesdames, voilà du bon fromage. »

Depuis toujours Il a un faible pour le music-hall. Il aime Fragson, le Caf' conc', les chansonnettes de Mayol, il fredonne sûrement *Viens Poupoule.*

Quand Bouls-ni-Bouls débarque chez lui, c'était le surnom de son cher Reynaldo Hahn, le voici qui tombe directement au pied de son lit, par la porte du couloir, sans respecter les haltes imposées aux étrangers, le circuit des antichambres. Le compositeur des *Chansons grises* de Verlaine est déguisé en mignon d'Henri III, c'est un courant d'air, toujours très élégant, très drôle, très vache, très intime. Peut-être est-il l'un des rares à tutoyer Proust ?

Les deux amis roucoulent, s'escriment, raffolent d'assauts d'esprit, de grivoiseries, s'échangent les fusées, les fleurs. Reynaldo vient déposer aux pieds de Marcel son butin de la soirée : le Tout-Paris régale. Leurs imitations sont des ombres chinoises qu'ils bousculent sur les murs, à la chandelle.

Les bras en carré contre la poitrine pour soutenir de la main gauche le coude du bras droit, il filtre tout ce qu'il dit à travers l'autre main, il parle à travers les doigts qui jouent devant sa bouche.

Il écoute, il cancane. Il est snob comme un pou. Il raffole des histoires d'aristocrates, le Second Empire est plus rutilant que les contes de fées (c'est aussi l'âge d'or des photographies de l'atelier du père Nadar). Les bourgeois et les honnêtes gens n'ont rien de romanesque, ils redoutent trop leur propre folie, les familles les plus intéressantes sont les Atrides.

Il se passionne pour tout ce qui ne l'intéresse pas, mais tout l'intéresse car il est de l'espèce des caméléons. Il sait tout, les potins, les ragots, les arbres généalogiques, l'histoire de chaque clocher d'Île-de-France. S'il est en panne d'un terme exact ou d'une tournure familière, il lance des ultimatums. Il lui faut, par retour de courrier, par pneumatique, par taxi, la composition exhaustive du nécessaire à couture des jeunes filles, tous les surnoms des chemins de fer de campagne, l'origine du motif des tissus de chez Fortuny, les règles exactes du jeu japonais des petits papiers flottants.

Il ne veut rien laisser au hasard, il passe tout à son propre crible. Sa mémoire est démentielle. Il lit aussi bien le Bottin mondain que les encyclopédies ou l'indicateur des chemins de fer, Balzac, Flaubert, Alexandre Dumas, Stevenson, Saint-Simon évidemment, il peut réciter *Les Fleurs du mal* ou des tirades entières des tragédies de Racine, même les vers de Sully Prudhomme. Il préfère, dans la vie, la fréquentation de Jean Béraud, de Paul César Helleu, de Jacques-Émile Blanche, au travail de Degas ou de Cézanne qu'il avouera mal connaître, c'est-à-dire peu apprécier. Mais dans son livre, Renoir et Monet l'inspirent, bien qu'il ignore les mouvements qui bouleversent tout le début du siècle, les cubistes et les fauves, le réalisme naissant. S'il connaît presque par cœur tous les opéras de Wagner, il va assister à *Parade* qui fit scandale. Il admire Laurence Sterne, quoique *Tristram Shandy* lui reproche son manque d'audace, puisque c'est au quatre-vingt-dix-huitième chapitre seulement que l'autobiographe reculait le récit de sa naissance.

C'est dans le mois qui a suivi la Semaine sanglante, à la fin de la Commune, qu'il était né. Enfant, il n'a donc pas pu ne pas feuilleter les albums-souvenirs finalement autorisés, les beaux livres reliés comme pour les premières communions, les catalogues brochés qui inventoriaient le spectacle de la désolation, les métaphores du carnage : bâtiments détruits, édifices incendiés, églises saccagées, boulevards sans pavés, maisons sans toit, gravats, décombres, Paris en ruine.

En 1900, il fuit l'Exposition universelle qui transforme plusieurs mois durant tout l'ouest de la capitale en décor d'opérette. Plutôt que de longer en bateau-mouche l'éphémère rue des Nations, ses pagodes, ses minarets et ses châteaux de carton-pâte, il est à Venise. Les canaux et les palais, sans compter la basilique de San Marco, sont des mirages plus féeriques, et plus vrais. La ville a l'air entièrement inondée, comme Paris le sera plus tard pendant la grande crue de la Seine.

Mais pour commencer la journée, il a besoin de lire tous les journaux. Il suit l'actualité, et plus d'une fois avec quelques longueurs d'avance sur ses contemporains. Pendant l'Affaire, cancer de toutes les familles (la sienne comprise) qui s'est déclaré en France, rappellera-t-il, « et pas chez les Apaches », il est parmi les premiers à se ranger dans le camp des dreyfusards, il ne rate pas une audience du procès d'Émile Zola (il est heureux alors comme jamais dans sa vie). Son courage est une légende qui s'enfle au point que l'on raconte jusqu'à Vienne (Stefan Zweig le rapporte à Joseph Roth) que Proust a livré plusieurs duels pour défendre l'honneur perdu du capitaine…

Le jour même où les premiers trains de conscrits affluent de la France profonde vers les frontières de l'Est, il n'y en a pas beaucoup comme lui à pressentir l'horreur. « Des millions d'hommes vont être massacrés dans une guerre des mondes comparable à celle de Wells », écrit-il à un correspondant, le 2 août 1914, du fond de sa chambre.

Une heure du matin, une nuit de juin 1922. En uniforme bleu horizon, un soir de permission à Paris, un soldat de 2e classe de l'armée française d'occupation en Rhénanie se présente à la réception d'un grand hôtel. Il se plie aux conditions fixées par le maître. Il lui avait déjà envoyé sa photo où il ressemblait à celle qui n'était pas sa mère, c'est Jacques Benoist-Méchin (vingt ans plus tard il aurait bien pu finir sa carrière dans un placard du nid d'aigle de Berchtesgaden, mais c'est une autre histoire), il a vingt et un ans.

Le taffetas d'une petite lampe colore en rose la scène où il a été conduit. L'atmosphère respire le benjoin, l'essence de niaouli, les murs tapissés de moire sont pourpres. Les yeux mettent plusieurs instants à s'acclimater.

Marcel Proust émerge de la pénombre. Étendu sur un canapé, il est en smoking, à demi recouvert d'un plaid écossais, les mains gantées de gris.

Venu parler musique, le jeune mélomane doit répondre à toutes les questions de l'écrivain qui, dans sa tour d'ivoire, s'interroge sur la situation en Allemagne, sociale, politique, militaire. L'informateur répond, mais on ne sait rien de ce qui inquiétait réellement son hôte.

Puis Proust raconte sa défaite — ce mot, le jeune Benoist-Méchin n'est pas près de l'oublier. C'est de s'être résolu à intituler le dernier tome de la *Recherche* : *Le Temps retrouvé*, en lieu et place du titre initial qu'il avait prévu et qui était annoncé dans le premier volume paru chez Grasset, *L'Adoration perpétuelle.* « Il n'y a pas d'extase durable », murmure-t-il en congédiant son petit invité.

Devant la porte, une veilleuse éclaire à demi le corridor du Ritz, comme à l'intérieur des pyramides, note Benoist-Méchin, l'accès à la demeure du Pharaon. Dans la Vallée des Rois, pendant ce temps, un archéologue continue ses fouilles sur la rive face à Louxor.

Le 4 novembre 1922, Howard Carter découvre un escalier de pierre qui s'enfonce dans le sable, les marches mènent à la porte d'un tombeau. Elle est restée scellée, et la pièce derrière va se révéler bourrée de statues, de lits, de chaises, de coffres, d'armes, de vases. À quelques jours près, Proust ne saura jamais que la chambre funéraire contenait le sarcophage du jeune Toutankhamon.

Il fixe ses rendez-vous de minuit sur les banquettes rouges de chez Larue, au Crillon, au Ritz. Le petit salon où il se fait servir est une vraie fournaise.

Lorsqu'il donne des soupers, il transporte tour à tour son assiette auprès de chacun. Il se réjouit d'inviter ensemble des convives qui ne peuvent pas se sentir : Abel Hermant (qui a insulté l'armée), Anatole France (patriote mais dreyfusard), Léon Daudet (pour qui le capitaine est un traître). Il s'exerce à la pratique de la douche écossaise.

Avec lui on n'est jamais sûr du lendemain. Il a des airs de d'Artagnan. Il désarçonne par ses répliques, c'est un ami imprévisible, il se froisse pour un rien, il peut devenir blessant, furieux, insolent. Sa susceptibilité, ses griefs sans fin, ses chauds et froids sont légendaires. Il a lancé ses pantoufles à la figure d'un casse-pieds — un être, au demeurant, des plus subtils. Il brouille les pistes. Il est attiré par les bourreaux des cœurs, il déteste être « féminin ». C'est un tyran qui collectionne les serments, les pactes, les reproches.

Conseils : ne jamais lui poser de questions, ne jamais lui couper la parole, ne jamais parler de l'heure qu'il est, du temps qu'il fait dehors, lui répondre en peu de mots (à travers lesquels il vous jaugera).

Quand sa visite est attendue, on ne peut jamais savoir s'il viendra vraiment. Sa maison met en état de siège celle de ses hôtes, qui de demi-heure en demi-heure sont tenus informés de l'avancement des préparatifs, c'est-à-dire des délais successifs.

Si jamais il arrive enfin, ses phrases alambiquées, compliquées de détails inutiles, sont un embrouillamini d'excuses. On l'accueille pourtant comme un explorateur, en héros.

Avalé par une pelisse trop large qu'il n'ôtait pas, « il avait l'air d'être venu avec son cercueil », se souvient la princesse Bibesco. Au mariage de son frère Robert, le 2 février 1903, c'est un zombie qui faisait la quête à Saint-Augustin aux côtés de sa cousine Valentine. Dans cette silhouette de garçon d'honneur qui aurait perdu sa noce (il détestait à vrai dire que ses amis se marient), il y avait je ne sais quoi de déplacé, de ridicule. Souvent on l'a vu vaciller sur des souliers qui ne devaient plus être à sa pointure, on l'a vu la cravate de travers, les manchettes à l'envers, on l'a vu fagoté, portant faux col élimé ou gants douteux, les cheveux en épi (et c'est vrai qu'il lui arrivait brusquement de vouloir les égaliser avec des ciseaux à ongles).

Engoncé dans ses cols, le plastron bombé, la taille d'autant plus cambrée que ses vêtements étaient trop ajustés — son habit de soirée datait d'une autre époque —, il donnait l'impression de ne pas vivre dans le présent, mais d'être resté en arrière, une ou deux générations plus tôt, dans les eaux du passé, dans un passé qu'il ne pouvait quitter sous peine d'en mourir.

Le temps est un tunnel. Les grandes familles, les porteurs de noms illustres l'approvisionnent en oxygène. Sous la présidence de Poincaré, le summum est d'arriver à entendre les propos tenus deux siècles plus tôt par Louis XV ou l'un de ses courtisans. Pendant qu'il attend que les morts se relèvent, pendant qu'il se penche au balcon de sa jeunesse, pendant qu'il scrute la projection d'images du temps jadis, il ne voit pas le temps filer. Les femmes des Années folles sont coiffées à la garçonne, elles ont maintenant la peau brunie, elles offrent leur dos nu, leurs épaules et leurs taches de rousseur, elles se grisent de tango et de musique nègre.

Ce dandy avait tout pour être oisif, l'oisiveté est une vertu de sa classe. À la rigueur il aurait pu écrire des poèmes inutiles et publier deux ou trois plaquettes tirées sur chiffon, parfois quelques rares critiques d'art dans *Le Figaro* (ce fut son cas).

Or c'est un bourreau de travail qui se tue à la tâche. Il a beau vivre de ses rentes, on le voit jeter l'argent par les fenêtres. Il boursicote, il spécule. Mais plus les années passent, plus ses placements sont aventureux, plus ses soucis d'argent sont envahissants, plus il se plaint, plus il est avide d'expédients et âpre au gain, intraitable dans les discussions, et particulièrement en tant qu'homme de lettres. De même l'écrivain maudit qui a continuellement embauché des dactylos, des sténographes, des secrétaires, des extras, a-t-il planifié la croissance de son œuvre, géré et négocié sa publication, placé son *work in progress* par extraits, par pièces, par blocs, par lots, comme un entrepreneur.

D'être brûlé par son livre ne l'empêche pas d'avoir en tête de vendre tous les fauteuils qu'il a entreposés chez lui, les tables en acajou, les tapis, les buffets, les canapés, les bronzes. Un certain M. Dubois s'en charge finalement, fort mal en dépit de son patronyme, au dire de Céleste toute fière d'avoir réussi à sauver un lustre en cristal (on se croirait chez Molière). Des meubles de famille, il y en a même qui ont échoué chez Albert Le Cuziat, dans la maison de bains pour messieurs dont ce personnage était le tenancier, et c'est Proust en personne qui aurait fourni la dot.

En toutes circonstances, il y a plus nécessiteux que lui, il le sait. En 1917, il offre ses services à son amie Marie Scheikévitch, désargentée pour cause de révolution russe, célèbre à Paris pour avoir raté son suicide et s'être minutieusement inventé une liaison avec Anatole France. À cette femme languissante mais d'un beau tempérament, au teint d'une telle blancheur que les hommes la croyaient en papier, il propose le plus sérieusement du monde de devenir son nègre pour *Le Temps*, d'écrire chaque jour à sa place « des chiens écrasés en mieux ».

L'ascenseur monte en tremblant jusqu'au cinquième étage. L'appartement reconstitue dans un espace qui a rétréci celui du boulevard Haussmann. Il a réquisitionné l'étage en dessous, mais il raconte à qui veut l'entendre qu'il demeure dans un ignoble taudis.

C'est provisoire, il campe, il espère toujours déménager. Les grandes plaques de liège sont en dépôt dans un garage, et toute la maison ressemble à un garde-meuble. Ce n'est rien à côté de son ancienne salle à manger dans laquelle on pénétrait comme en pleine forêt — elle avait été condamnée pour entreposer son bric-à-brac, les alluvions d'héritages.

Plus de piano à queue, d'armoire à glace ni de commode dans sa chambre, mais toujours le petit meuble chinois qu'il aimait tant et le fauteuil crapaud pour les visiteurs. La pièce baigne dans le bleu des rideaux de satin, dans la lueur verte que diffuse l'abat-jour brûlé de la lampe de chevet.

Un magnifique pardessus à doublure de carreaux noir et blanc lui sert de robe de chambre : ce n'est pas qu'il soit usé, il avait été taillé sur mesure au « Carnaval de Venise » près de l'Opéra, du vivant de sa mère, c'est par habitude, car il ne supporte pas les vêtements neufs. Jamais, il n'aurait couché deux nuits de suite dans les mêmes draps, mais en tout il déteste le changement.

Il fait corps avec son habitacle.

Comme un promontoire au bord de son lit en cuivre, il a transporté ses trois tables de nuit, il est hors de question qu'on change de place quoi que ce soit.

Sur les deux plateaux de la première table de nuit, une table en bambou, il pose les livres en cours, les bouillottes qu'il appelle ses « boules », et toujours une petite montagne de mouchoirs (mais surtout jamais de mouchoirs neufs, car ils ne sont pas assez fins, pas assez doux pour sa peau si fragile).

La deuxième en noyer est affectée au plateau du café (qui, entre certaines heures, devait être prêt en permanence), à l'infusion de tilleul pour la nuit, à la bouteille d'eau d'Évian (une neuve chaque jour bien qu'il n'en boive pas une gorgée).

Sur la troisième, une table de nuit ancienne en palissandre, à battants, il y a son encre, ses porte-plume et sa réserve de plumes Sergent-Major, il y a sa montre, et toutes ses paires de lunettes, il en a dix ou douze.

À côté de la lampe de chevet, il y a ses carnets de notes, ses cahiers, l'accordéon des papiers collés. Les trente-deux cahiers noirs à couverture de moleskine qu'on aurait dit numérotés au doigt, les premières versions du manuscrit qui devaient toujours demeurer à portée de main ont disparu, dit-on, dans le fourneau du boulevard Haussmann, à mesure qu'il n'en avait plus besoin.

Jeune adolescent, Proust avait demandé à son professeur de grec si, à son avis, il ferait du théâtre quand il serait grand, si un jour il serai joué à la Comédie-Française.

À sa mort, un ami calme cette inquiétude et vient lui glisser au doigt une bague qui avait appartenu à sa mère. C'était le camée qu'Anatole France, à l'issue de la première du *Lys rouge*, avait offert à l'actrice de sa pièce, à la grande Réjane.

Cet ami, le fils de Réjane, n'oubliera jamais sa découverte de Proust, des années auparavant. Il rapporte qu'un soir, rentrant chez lui, une dame l'attendait dans le vestibule de son appartement. Habillée comme le sont les provinciales dans les romans bourgeois, elle souriait fixement d'un sourire d'ange sculpté. C'était Céleste — sans qui la vie eût été pour Marcel « un problème insoluble ».

Avec des circonlocutions qui devaient tout aux manières de son maître, elle lui expliqua que ce dernier, touché par ce qu'il avait dit de *Du côté de chez Swann* — par parenthèse, cinq ans plus tôt —, avait demandé à des amis communs de l'amener chez lui et que, ceux-ci n'en ayant rien fait, il s'était résolu à lui envoyer Céleste pour lui demander de l'aller voir. Mais l'extraordinaire courtoisie de Proust ne souffrant aucune contrariété, elle ajouta : « Monsieur Proust*e* (Céleste mettait partout des « e » muets), tout en s'excusant, insiste pour que M. Porel vienne le voir, boulevard Haussmann, demain soir à 11 heures. »

Les visites à domicile ont toujours lieu en pleine nuit. Ce sont des rêves éveillés, des visions qu'il met en scène, des hallucinations.

« Après attente, relate de son côté Paul Morand, nous sommes introduits dans la chambre à coucher. Proust, roulé dans sa pelisse, en jaquette avec des souliers à empeigne de daim gris, une canne, des gants gris perle trop étroits, comme dans les tableaux de Manet, qui lui font des mains en bois ; figure fine et douce mangée aux tempes par des cheveux noirs, le menton lourd enfoncé dans son col, les pommettes saillantes, oreilles tourmentées, l'air plus malade que jamais, jaune, le dos voûté, le thorax rentré. Une bouteille de champagne et deux coupes sur un guéridon. Proust a essayé de se lever mais se sent mal. Il nous quitte pour aller se remettre au lit. »

C'est dans son lit qu'il est naturel. Assis, il a toujours l'air mal à l'aise, contourné, entortillé, tordu, mécanique.

Il tricote au lit, il démaille et remmaille des phrases, des pages qu'il déplace, arrange, découpe, resserre.

Malgré les crises d'étouffement, l'épuisement physique, le refus obstiné de se soigner, l'auteur projette sa vie, ses dernières forces dans l'achèvement de la *Recherche,* continuant d'écrire et d'écrire, laissant la marque de son impatience, mots sautés, vides à combler plus tard. Il corrige à la main les dactylographies, il corrige les épreuves par des corrections qu'il faudrait corriger à leur tour (l'imprimeur doit les déchiffrer lui-même, les correcteurs laissent passer d'innombrables coquilles, celui qui est chargé de relire *Le Côté de Guermantes* ne vaut pas mieux que les autres, il s'appelle André Breton).

Il écrit allongé, comme Michel-Ange peignant la voûte de la chapelle Sixtine. Il écrit sur ses genoux, sans pupitre, sans rien. Il n'écrit qu'au lit, enseveli parmi son désordre de feuilles, les milliers de lettres qu'il envoie, les cahiers gonflés de son manuscrit, les dos d'enveloppes, les rectos d'ordonnances ou de factures jonchées de phrases, les fameuses paperoles, les journaux entassés sur les draps. Il écrit submergé par le papier comme un linceul.

Entre le samedi 18 et le mercredi 22 novembre, Céleste n'y croit pas. « Mon Dieu, murmure-t-elle, faites qu'il me dise quelque chose. »

Céleste voudrait un miracle, comme la sœur de Lazare dont la chevelure adorable était lustrée de nard pur. Elle attend au pied du lit, elle veille jusqu'au quatrième jour.

Les yeux du défunt ne mangent plus les visiteurs.

Sa barbe noire, tous l'ont évoquée, sa barbe de vacances, sa barbe de loup de mer, sa barbe de chiffonnier l'auréole, on la voit seulement sur les portraits mortuaires, jamais sur aucune des photos prises de son vivant.

Le visage flotte au-dessus des draps blancs.

C'est un noyé qui descend le courant, c'est une tête libérée du corps, détachée du tronc comme la hure de Jean-Baptiste que Salomé offrit à Hérodiade sur une assiette d'airain.

Selon les dernières volontés de Proust qui l'avait fréquenté à Cabourg ou sur les instances de son frère Robert, on ne sait, arrive Paul César Helleu. Il vient exécuter le portrait du mort. C'est Jacques Porel qui est allé chercher celui que Degas avait surnommé « le Watteau à vapeur », tellement sa fabrique de femmes-lianes avait de débit.

Helleu travaille à la pointe sèche pendant deux heures. La lumière artificielle qui se reflète sur la grande plaque de cuivre lui fait mal aux yeux : « Mais ce qu'il était beau ! répète-t-il. Il était beau, il aurait fallu le mouler. » La planche d'un mètre de base, une fois encrée et tirée, inversera l'image de Proust, comme si pour le voir davantage on avait pu passer de l'autre côté du lit, comme si le mur du fond avait été escamotable. Il y en a deux versions. Sur la première, le visage est broussailleux, emmitouflé dans le sac des linges. Sur la seconde — le premier portrait retouché ? —, la barbe et la chevelure noires sont d'une ligne claire, et le menton dégagé des draps, dressé hors du lit.

Le jour du prix Goncourt (« cette machine à réclames », maugréait Proust, alors qu'il avait réussi un coup de main insensé, soutenu par le tir d'artillerie de Léon Daudet, l'exploit de battre *in extremis* — en décembre 1919, un an après l'Armistice ! — *Les Croix de bois* de Roland Dorgelès), pas un photographe, pas un journaliste n'était parvenu à pénétrer dans la cachette de la rue Hamelin. Mais aujourd'hui, et trois journées durant, quelle affluence !

Dunoyer de Segonzac se présente à la porte de l'appartement (c'est un camarade de Dorgelès, il gravera plusieurs eaux-fortes pour son roman de guerre). Lui ne connaît pas Proust, c'est la *NRF* qui l'envoie. Il voudrait faire quelques croquis à l'encre de chine. Changeant à peine d'axe, avec quelques minuscules variantes, sauf un visage de face aux cheveux mi-longs, ses cinq lavis sont d'une encre très douce. Un certain Eschemann serait passé lui aussi, mais nul ne sait ce que sont devenues ses esquisses, ses peintures, et le sculpteur Robert Wlérick qui a dessiné, maladroitement, un profil à la mine de plomb.

Plus habitué à la bande des dadaïstes ou aux

mannequins de Paul Poiret, Man Ray a été tiré du sommeil pour aller photographier « un grand écrivain », ce sont les termes de Cocteau décidément très actif. Depuis Montparnasse, il se dépêche sur les lieux avec tous ses appareils.

Une brève histoire de la photographie résume la vie de Proust : Nadar fils a immortalisé l'enfant, puis quand tout fut achevé, Man Ray est venu. Il n'est pas le seul, on connaît trois autres clichés attribués à un nommé Sougez qui ressembleraient plutôt à des photos de l'identité judiciaire exécutées pour la Sûreté. Paul Morand racontait avoir pris une dernière photo de son ami, mais au tirage il a laissé brûler le négatif.

Une femme allongée sur un divan s'est endormie, nue. Elle a perdu conscience d'elle-même, elle tient encore en l'air, de son bras tendu, un livre, le roman qui l'a plongée dans les eaux de la nuit.

Cette femme à la chair rose, cette femme sculptée dans le sommeil en plein jour, *La lectrice* ou *La lecture abandonnée*, peinture de Félix Valloton, n'est-ce pas elle qui nous fait sentir l'haleine, la peau moite de la fugitive, Albertine disparue ?

Non, il n'a jamais été amoureux, ni n'a eu vraiment d'amis. Céleste qui le jure, se remémorant sa vie passée, avoue qu'avec lui « l'enchantement, ce n'était pas seulement les nuits ».

Proust l'aurait vivement encouragée, elle l'a prétendu, à écrire son journal. Elle le connaît mieux que personne, personne ne sait mieux qu'elle qui il est, ce qu'il fait, ce qu'il dit. Il faut bien penser à l'avenir (et de fait, elle lui survivra plus d'un demi-siècle) : après sa mort, ses confidences se vendraient bien plus que *Swann, Guermantes, Sodome et Gomorrhe*, et le reste. Rien que la perspective d'inverser les rôles entre eux deux, que ce soit elle l'écrivain, lui le modèle, et sa vie mais sa vie la plus quotidienne, la plus ressassée, le sujet du livre : le tableau futur devait le mettre en joie.

*Intérieur, femme lisant* : la peinture de Caillebotte met en évidence une femme en train de lire, assise sur un fauteuil ou une chaise de salon. En scrutant l'image, la profondeur recèle sous l'écran du papier-journal que tient la femme, comme le produit même de sa lecture, un homme étendu sur le canapé derrière elle, lui aussi lisant : un homme miniaturisé, rapetissé par la déformation de la perspective, par l'accélération du changement d'échelle, un homme étendu, englouti dans les coussins. Un nain presque comme le directeur du pensionnat de *Zéro de conduite* qu'incarnait, dans le film de Jean Vigo, l'enfant grimé d'une fausse barbe.

Quand le regard abandonne ce point de fuite, la femme au premier plan qui écrase la toile apparaît encore plus colossale.

Fausses ou vraies, les « veuves », dans le théâtre de la vie posthume, dénaturent l'ordre généalogique. Épouses, voire épouses putatives de leur grand homme, elles finissent toujours par interpréter le double rôle de la fille et de la mère, par devenir fille-mère comme Céleste, reine longtemps silencieuse.

Devant la table à rallonges de sa petite salle à manger, Mallarmé racontait avoir assisté dans un music-hall de Londres à un spectacle qui attirait les foules. Sur la scène on voyait une étrange représentation, sans drame, sans vaudeville, sans argument et même sans action apparente : un couple, simplement, venait vivre sa soirée en public.

Paul Valéry, qui avait dû entendre l'histoire à l'un des mardis de la rue de Rome, ne l'avait jamais oubliée. Il s'était mis, sur le tard, à rêver d'un film, un film, confiait-il, qu'il aurait eu envie de tourner lui-même.

Le scénario se serait réduit à son plus simple appareil. On aurait vu ce qui se passe du matin au soir chez des personnes ordinaires tout au long de la journée la moins accidentée… Qui sait si l'on ne serait pas parvenu de la sorte à faire transparaître l'intérieur des personnages, comme celui de certains insectes dans les documentaires scientifiques ?

Tout entre Céleste et lui est rituel. Au signal, au coup de sonnette, elle apparaît.

Elle passe ses journées dans l'office à attendre, elle ne fait presque rien (jamais la cuisine en tout cas, mais c'était le contrat passé entre eux : il l'a engagée parce qu'elle ne savait rien faire). Elle ne lit pas, elle attend la sonnerie. Elle demeure sur le qui-vive à scruter le sémaphore qui relie les deux pièces étanches où chacun s'est enfermé. Elle doit décrypter les moindres signes qu'émet son malade, ses silences, son absence de regard, ses petits mots sur des bouts de papier, sur les feuilles qui servent à allumer la poudre des fumigations, la poudre Legras. Elle connaît par cœur « ses routines ».

Céleste est arrivée dans sa vie en même temps que paraissait le premier tome de la *Recherche*, en 1913. Elle avait vingt-deux ans, et vingt ans de moins que lui. C'est elle qui a fait le coursier à travers Paris, exploré en fiacre les beaux quartiers (c'était l'Amérique pour cette fille de Lozère), veillé aux envois, au service de presse, obéi aux jeux de scène prévus par son invisible commanditaire. Mais elle n'avait pas le droit d'envelopper les paquets, de plier les papiers de couleur tantôt rose, tantôt bleu qui permettaient de distinguer les destinatrices des destinataires, ni même de nouer les rubans et les cordelettes — comme celle qui ligotait le manuscrit expédié rue Madame, à la *NRF*, qu'André Gide n'aurait jamais dénouée.

Lorsqu'il sort, Céleste guette son retour quelle que soit l'heure. La vie revient quand il est là, et c'est pour elle, triste ou rieur, qu'il mime ses soirées. « Cette façon qu'il avait de me rapporter du dehors la comédie et de l'agiter devant moi, dit-elle, c'était comme s'il avait voulu retenir le Temps par les cheveux pour l'empêcher de fuir et de lui emporter ses personnages. »

Céleste a la grâce langoureuse d'un Modigliani.

Pendant toutes ces années passées en état d'alerte, elle est à tour de rôle, sur la scène de leur théâtre de chambre, souffre-douleur et fée du logis. Ils jouent ensemble au chaperon rouge ou aux deux orphelins, au jeu des Mille et une nuits. C'est la vie de château, elle se couche à l'aube, elle ne se lève jamais avant midi, elle fait chaque jour la grasse matinée. Le temps n'est plus divisé en heures, le temps est hors du temps. Bien plus tard, la belle captive qu'il tyrannisait aura ce cri du cœur : « Avec lui, d'un côté la vie était réglée comme du papier à musique, et de l'autre côté il y avait toujours l'imprévu. »

C'est rarissime. Elle est entrée vivante dans le livre. Voici en chair et en os, Céleste Albaret, saisie toute crue.

On dirait une apparition.

Non contente d'y être camouflée (Françoise lui sert de prête-nom ainsi qu'à d'autres), Céleste a le privilège d'être, fugitivement certes, au point que l'on se demande si l'on n'a pas pris ses désirs pour des réalités, un personnage de roman, le nom d'un personnage nommé comme elle, Céleste Albaret.

Signe de connivence affectueuse, certainement. La preuve, les mentions du nom de Céleste ont été ajoutées tardivement au texte par Proust, comme s'il s'agissait d'un dernier codicille au testament. De fait, lorsque le professeur Brichot, dans sa liste des étymologies végétales, fait dériver le patronyme « Albaret » du nom de l'« aubier » et que le narrateur chuchote entre parenthèses : « Je me promis de le dire à Céleste », le clin d'œil est patent.

Mais Céleste n'est pas seulement un nom propre. Ironie du sort, c'est dans *Sodome et Gomorrhe II* (dernier volume paru du vivant de Proust) que la jeune paysanne de Lozère est tout à la fois peinte fidèlement, et grimée.

Sa terre d'Auxillac, sa maison de famille s'y trouvent décrites avec le souci du détail vrai, comme le caractère trempé de la demoiselle de la Camourgue, déesse du milieu de la France : « Étalée comme un lac, mais avec de terribles retours de bouillonnement où sa fureur rappelait le danger des crues et des tourbillons liquides qui entraînent tout, saccagent tout. » Le portraitiste ne lui fait pas de cadeau (elle est ignorante, inculte, insolente), mais il exalte « le génie étrange de Céleste ».

Céleste n'est une sylphide qu'en apparence. Tandis que le nommé Nissim Bernard se risque dans les sous-sols du Grand Hôtel de Balbec à la suite de jeunes serveurs, le narrateur monte au dernier étage retrouver les femmes de chambre d'une vieille dame étrangère. Sous les combles, Céleste est en compagnie de sa sœur qui porte toujours son nom de jeune fille, Marie Gineste. Précision déconcertante, leur admirateur éprouve le besoin de souligner qu'il était lié à ces deux

« courrières », comme il les appelle, par « une amitié très vive quoique très pure ».

Le décor est planté : le monde est à l'envers. C'est une scène de carnaval, en effet, qui a lieu. Comme le remarque fort à propos la Céleste du livre, moins aveugle que sa jumelle réelle : « On ne peut jamais savoir ce qu'il peut y avoir dans une vie. »

Sortie tout droit des histoires de la comtesse de Ségur, Céleste plonge dans les tiroirs, exhume les vieilles photos, parle fort, s'amuse de Monsieur auquel elle donne des noms d'oiseau, qu'elle traite de serpent, de papillon de nuit, d'écureuil, de petit diable noir, de fripon — et même de « Molière » ! La servante prend sa revanche sur son maître. Quant à Monsieur, plus les enjôleuses dansent autour de son lit où il n'en finit pas de se nourrir de lait et de croissants, plus son autoportrait est sans fard, persiflant par demoiselles interposées ses airs de petit prince, sa maniaquerie, sa perfidie, son effigie de peluche et de griffes.

Une séance fantastique se prépare : « Dès qu'on parlait d'un étranger qui était dans l'hôtel, pour répéter ce qu'il avait dit, Céleste et Marie appliquaient sur leurs figures sa figure, leur bouche devenait sa bouche, leurs yeux ses yeux. »

Celles qui « ne liront jamais de livres, mais n'en feront jamais non plus », les deux demoiselles de compagnie sont chargées d'exécuter le masque mortuaire de cet étranger qu'est l'auteur. Leur visage n'est-il pas fait avec la glaise de leurs rivières, n'ont-elle pas conservé l'instinct primitif du mimétisme ?

Quand elle revient toute seule, c'est dans *La Prisonnière*, Céleste est la douceur même, la bonté vivante. Le narrateur lui fait répéter deux fois, presque littéralement, les mêmes paroles. « Divinité ou majesté du ciel déposée sur un lit ! » s'écrie-t-elle. Alors lui l'interroge, il lui faut l'exégèse, qui s'adapte d'un passage à l'autre. « Oh parce que vous ne ressemblez à personne, répond-elle la première fois. Parce que vous n'avez rien d'un homme couché, vous n'êtes pas dans le lit, vous ne remuez pas, dans anges ont l'air d'être descendus vous déposer là. »

Perdu dans ses retouches, on dirait surtout que Proust ne se lasse pas d'entendre les mots tendres de sa jeune fille en fleurs : « Vous êtes venu vous poser là. Votre pyjama en ce moment tout blanc, avec vos mouvements de cou, vous donne l'air d'une colombe. » Grâce à l'autre Céleste, Proust tombe aux enfers puis s'envole vers son petit nuage.

Depuis des années, il ne vivait plus à l'air libre. C'est pour s'en protéger que Proust s'était reclus, séquestré, *chambré*. Condamné à fuir depuis sa jeunesse tout ce qui était vie au grand air, lui qui adorait la campagne et la mer, il partit un jour de printemps à Cabourg *en voiture fermée* pour « sentir » les aubépines de l'autre côté de la vitre.

Il est hors de question de faire le ménage ou d'aérer la maison tant qu'il est là. jamais les fenêtres ne sont ouvertes, ni les tapis battus. Le branle-bas commence dès qu'il s'en va. Ses serviteurs, dit-on, ont pris ses manies, ils dorment eux aussi le jour. On murmure qu'il paye les ouvriers à prix d'or pour enfoncer des clous en silence.

Lui qui ne supporte pas les pollens, sa chambre est une serre. Son livre, une plante. Une plante monstrueuse qui ne cesse de se développer, et qu'il taille, qu'il bouture, qu'il greffe. Une plante qui croît la nuit, car elle ne tolère que la lumière artificielle. Son ennemi intime était devenu le soleil : il ne respire que lorsqu'on allume l'éclairage électrique, lorsque finit le jour, lorsque arrive la nuit, quand Paris s'endort.

C'est seulement au crépuscule qu'il commence à vivre. Il a enfreint à jamais la loi de la nature. Pour lui, la nuit était le jour, et le jour c'est la nuit.

S'il parle du « soir », il faut entendre six ou sept heures du matin. Il attend l'aube pour se coucher. Mais dormait-il jamais ? Il vit à l'envers, il a détruit l'instinct du sommeil. Quand il doit sombrer, il avale du trional, du véronal. La cafetière est maintenue au chaud, à l'attendre, son café provient exclusivement de chez Corcellet, rue de Lévis dans le XVII$^{e}$. Depuis des années la caféine le maintient en éveil artificiel, elle l'a plongé dans un état de décalage horaire perpétuel.

Avec la dernière énergie, il lutte contre la nuit noire, il oppose des obstacles sur son chemin, il invente des chicanes. Rentré chez lui, il enfile son pardessus pour se mettre au travail, pour descendre à l'intérieur de lui-même.

Le hall d'entrée sentait-il le pain tiède, la brioche, les croissants-beurre ? Rue Hamelin, il y a une boulangerie en bas de la maison.

Est-ce dans ce voisinage qu'il faut comprendre la réponse que donne Proust au jeu des métiers quand on lui pose la question fatidique : « Quel métier manuel auriez-vous aimé faire ? » (décidément les journalistes de *L'Intransigeant* aimaient le mettre à contribution). « Mais j'écris ! » s'exclame-t-il évidemment, avant d'avouer un gagne-pain moins inavouable, comme un adolescent qui voudrait rassurer sa famille : « Si le papier venait absolument à manquer », concède-t-il à ses poursuivants, « boulanger ».

L'interviewé rit sans doute dans sa barbe rien qu'à imaginer le tableau : son portrait en boulanger. Il aimerait beaucoup, du reste, que ses livres se vendent « comme des petits pains », c'est même le succès qu'il aurait souhaité au journal que Céleste n'écrira jamais.

Mais n'est-il pas devenu ce forçat qui travaille la nuit tandis que le monde des villes restaure ses forces ? Et cet homme au visage pâle, n'est-il pas tout blanc déjà depuis longtemps ? Un clown triste tel l'éternel dandy dont il ne se sépara jamais, le Pierrot lunaire, le Pierrot mondain que Jacques-Émile Blanche, pour ses vingt et un ans, avait peint à sa place, à la place de Dorian Gray, portrait ovale d'un jeune homme au camélia.

Ce nuage de farine qui vole dans la pièce n'a-t-il pas la consistance de la poudre du temps qui submerge tout ?

C'est au rez-de-chaussée, dans la boutique, que la bonne peut faire ses « téléphonages » à la place de son maître. Elle dévide ses répliques qu'elle sait sur le bout des doigts, elle est son magnétophone. Rien qu'à l'entendre, on les a confondus plus d'une fois, certains se fâchant d'avoir pris Céleste pour M. Proust lui-même.

Elle est sa voix (elle lui fait aussi la lecture), elle est ses yeux (elle va essayer les lunettes neuves à sa place, il n'a pas le temps), elle est ses jambes (il l'envoie en messager, en ambassade). Elle est ses ailes, elle est sa vie (bien qu'elle ne vive plus, sauf pour lui). Elle est son dernier lien avec le jour.

C'est elle qui visite pour lui, pour eux deux, les appartements où déménager. Elle seule a dû savoir que le balcon du cinquième étage de la rue Hamelin donne sur la tour Eiffel, que la tour gigantesque surgit dans le ciel de l'autre côté des volets fermés, cette frontière que jamais il ne franchira.

S'il avait pu, il aurait été l'homme invisible. Il ne supporte pas d'être vu. Il voudrait être passe-muraille : il rêve d'avoir ses entrées partout, de se faire ouvrir les portes dérobées, de fouiller les tiroirs, de percer les coffres-forts, de connaître les secrets les mieux gardés.

Il veut connaître le mot de passe pour se glisser parmi les conjurés, pour se faire admettre dans le clan, dans la bande, pour être partout incognito. C'est l'as du camouflage. Il aimerait tout regarder à travers des miroirs sans tain. Il éprouve une passion frénétique pour l'envers du décor.

Il n'a pas froid aux yeux. Il est prêt à se déguiser en jeune fille. Il a écrit au jeune Albert Nahmias qui l'a aidé tant qu'il pouvait : « Que ne puis-je changer de sexe, de visage et d'âge, prendre l'aspect d'une jeune et jolie femme pour vous embrasser de tout mon cœur. »

Certains jours, certaines nuits, il sauve des

vierges aux joues semblables à des pivoines. Il leur évite le pire, il rêve de mariages blancs. Céleste qu'il loge à l'intérieur de sa garçonnière, dans la chambre de bonne tout au fond du couloir, exaucera ce vœu (elle a même l'avantage d'être mariée, mariée avec un absent, toujours en course, à la guerre, en automobile).

S'il était assez riche et bien portant, il en épouserait une, sans l'approcher, simplement pour la regarder vivre, recevoir, donner des fêtes, monter à cheval, tenir salon. Artiste et bienfaiteur, il permettrait à une existence de s'épanouir comme s'il était le héros d'un roman de Paul Bourget. Mais comment aurait-il pu se contenter d'une seule fiancée à mettre sous globe, sous une cloche de verre ?

C'est un amant jaloux : il veut toujours savoir ce qu'on ne lui dit pas, et si on se tait, c'est la preuve que le soupçon était bien fondé. Mais les bruits courent aussi sur lui. Les mieux informés, les plus malveillants vont jusqu'à raconter des horreurs, des histoires de rats affamés, des scènes de boucherie qui l'énervent. Au jeu de la vérité, il a répondu jadis à l'exquise Antoinette Faure qui lui demandait pour quelle faute il aurait le plus d'indulgence : « pour la vie privée des génies ».

« Ne parlons jamais aux autres de nos goûts, et encore moins de nos goûts intimes », enseignet-il à son armée de confidents. Il aime le mystère, les cachotteries. Il a toujours quelque chose à cacher. « Ne le dites à personne », dit-il à qui mieux mieux. « Tombeau ! » ajoutera-t-il plus tard à son vocabulaire, dans le langage crypté qu'il pratique avec ses plus chers. Mais motus et bouche cousue !

Le *monde* est comme un pays lointain qu'il a voulu pénétrer. Le mari de Céleste, qui est chauffeur de taxi, met la nuit son véhicule à sa disposition. Il ne risque jamais de questions, il le conduit où tel est son plaisir (un jour ils se sont aventurés près de Rueil, on les a pris pour des comparses de la bande à Bonnot).

Il va butiner dans les salons, il se déplace dans les grandes apparences, chez la princesse de Polignac, la princesse Soutzo ou chez Mme Hennessy, comme on part en expédition.

Il lui faut du sang, du sang frais.

Les réunions mondaines, les dîners parisiens, les bals costumés ne sont pas que des toiles peintes, des décors de théâtre. Il les nomme : « les grandes tueries ». Il y a les modèles qu'il fait poser à leur insu, il y a les muses qui l'enthousiasment, celles qui l'affolent, et les cobayes sur lesquels il teste ses hypothèses, les chimères qu'il espère.

Pour en avoir le cœur net, il est prêt à réveiller des enfants en pleine nuit. Il effectue des contrôles. Céleste assure que rien qu'à son désir soudain de voir tel ou tel, elle pouvait suivre l'état d'avancement de ses chapitres, « de même qu'à sa façon d'effacer quelqu'un de ses visites, de ses sorties ou de ses lettres, j'aurais pu dire : "tiens, voilà des pages finies" ».

Il joue aux dames avec les valets de chambre, il attire une nuée de liftiers, de télégraphistes, de commis, de livreurs, de chasseurs. Il soudoie les maîtres d'hôtel qui sont à sa dévotion, il tisse un réseau d'espions dans les grandes demeures comme dans les maisons de passe. Il distribue flatteries, pourboires et sourires aux domestiques, aux femmes de chambre. Il parvient toujours à leur tirer les vers du nez.

Quand Proust lui répète les « drôles de potages » qu'il a appris rue de l'Arcade, les vices des autres pour ne pas avoir à confesser les siens, Céleste défaille — c'est une ingénue comme celle qui était au goût du marquis de Sade, l'aïeul de Laure de Chevigné. « Monsieur, ce n'est pas possible, ça ne peut pas exister ! » bégaie-t-elle. La belle fille au cœur d'angelot ne comprend pas comment son maître a pu regarder « ça ». « Justement Céleste, lui répond-il, parce qu'on ne peut pas l'inventer. »

Depuis longtemps, il s'est mis à ramener des

cadavres dans sa chambre. Il les cache sous son lit. Sinon pourquoi tous ces débris qu'il entasse dans les pièces condamnées de son château, ces restes, ces reliques, ces pièces à conviction ?

Il ne se contente pas d'enquêter, il n'a rien de l'observateur professionnel, il n'est pas, pas seulement, herboriste ou entomologiste. Les sensations fortes, les fonds troubles, les scénarios vertigineux l'attirent comme les grandes profondeurs. Il faut qu'il se jette dans la gueule du loup.

Il rôde sur les pentes du Vésuve. Les tableaux vivants quand ils sont enfin ce qu'ils ne devraient jamais cesser d'être, des petits enfers, font ses délices. Des yeux, il peut les toucher.

« On sent l'abîme qu'il ouvre, dit Jacques Rivière, et avec combien peu de bruit ! » « Il vivait de votre vie, vous admirait, vous aimait, prenait part de vos ridicules et de vos vices… Tout s'engouffrait en lui de ce temps qu'il perdait avec vous. » Ce que François Mauriac résume à son tour, son ami Jacques Porel le formule plus crûment : « Aucun auteur n'a été à la fois plus féroce ni plus pitoyable envers ses personnages. Il les retourne comme une peau de lapin, mais d'abord il tombe follement amoureux d'eux. Puis, tout à coup, ces maudits prennent, sous sa plume, une taille démesurée. Ils sont comme portés à bout de bras par leur adorateur. »

À la fin, on compte ses sorties. Elles l'exaltent mais, de plus en plus, le « tuent » : l'exposition de peinture hollandaise au musée du Jeu de paume où il se rend — un matin ! — pour contempler le petit pan de mur jaune de Vermeer, l'infini au cœur des graines de couleur, avant d'enchaîner et d'aller admirer Ingres dans la foulée, comme un besoin vital de s'envelopper, de se rassasier une dernière fois de chairs rondes et de formes maternelles.

Et puis quelques soirées comme autrefois, une fois chez les Schiff après l'opéra avec Igor Stravinsky, Serge de Diaghilev, Pablo Picasso, James Joyce (qui l'a trouvé plus jeune que son âge). Deux ou trois grands dîners où il se rend, le dernier comme un adieu chez le comte et la comtesse de Beaumont, au début d'octobre.

Il ne voit presque plus ses amis, depuis des années il a résilié son abonnement au téléphone pour qu'on ne le dérange pas. Un soir, une nuit, il a convoqué rue Hamelin les musiciens du Quatuor Poulet. Ils jouent pour lui, pour lui seul, César Franck.

Il veut une sole. Il ne mange plus, et tout à coup il a des fringales de femme enceinte, il lui faut des rougets parfois, des frites, de la salade russe, ou des petits-fours mais de chez Rebattet.

Il prend un soin extrême de son corps, comme un ascète, comme un athlète (à vingt-cinq ans cet homme fragile s'était bien battu en duel contre Jean Lorrain qui avait osé le traiter d'efféminé, et il rêvait de recommencer). Comme toutes les odeurs, le savon et l'eau de Cologne lui inspirent une sainte horreur. Malgré l'absence d'eau courante, toute sa toilette est rituelle. Il ne se rase jamais lui-même, mais refuse de se montrer en négligé, encore moins aux dames, avec une barbe de deux ou trois jours. Il a toujours redouté les lettres parfumées, à la fin il a même une boîte spéciale, il désinfecte au formol le courrier qu'il reçoit. Il met des gants au lit par peur des microbes.

Lui si soucieux de sa personne, il est littéralement bourré de lainages, empaqueté, emmailloté dans les gilets. Toujours allongé dans son lit, à peine relevé, il a enfilé une veste de pyjama sur ses vieux tricots de laine. Il en a toujours des provisions, au cas où.

Céleste doit réchauffer ses vêtements dans la cuisinière, au risque de les roussir. Contre les courants d'air il a fait clouer un drap sur la porte de sa chambre. Il a perpétuellement froid — au point que lors de la vague de chaleur qui a terrassé Paris en juillet 1921, il confie à un correspondant qu'il écrit son livre « sous sept couvertures de laine, une fourrure, trois boules et du feu ».

Il dépense des fortunes en médicaments. Pour calmer la fièvre qui persiste, il n'a rien trouvé de mieux, certaines nuits, que d'envoyer son chauffeur lui rapporter du bar du Ritz des carafes de bière qu'il tient à boire glacée. Le café au lait dont il a fini par se nourrir exclusivement donne à sa peau une pâleur unique, comme de l'ivoire.

Sa chambre est plongée dans la brume des inhalations, il fait brûler les poudres au fond des soucoupes. Il n'utilise jamais d'allumettes, à cause de l'odeur du soufre. Il embrase des bouts de papier à la flamme d'un bougeoir qui doit rester à brûler nuit et jour dans le petit couloir mitoyen — c'est par cartons de cinq kilos qu'on achète les bougies près de la gare Saint-Lazare.

Céleste n'a jamais oublié de sa vie la première fois qu'elle a pénétré dans la chambre. C'était déjà comme un adieu : « De M. Proust, je ne distinguais que la chemise blanche sous un gros tricot et le haut du corps adossé à deux oreillers. La figure était perdue dans l'ombre et le brouillard de la fumigation, complètement invisible à part les yeux qui me regardaient — je les sentais plus que je les voyais. »

S'entraîne-t-il à faire le mort, lui qui retient sa respiration et ne remue pas d'un cil lorsque la servante, à son appel, entre dans la pièce ? Regardez-le bien. Tout soudainement il cesse de parler au visiteur qu'il reçoit, il ferme les yeux : « J'ai besoin de repos », prévient-il simplement. Le voilà qui s'absente, tout en continuant à parler — comme si une autre moitié de lui-même poursuivait la conversation à sa place.

Avec le temps, le montreur de marionnettes — son fameux guignol scientifique et philosophique — se métamorphose lui-même en poupée, c'était inévitable. C'est un mannequin qu'il faut porter, habiller, manœuvrer. On dirait qu'il est empaillé.

Mais quand avait-il fini de vivre, ou faisait-il semblant ?

Vivre la vie d'écrivain, est-ce encore appartenir à l'espèce humaine ?

Cet être si particulier, cet « original » dont tout le monde se dira en le lisant : « c'est moi ! », a pour seul aliment, pour seul instrument, le langage, sujets, verbes, compléments, phrases, adjectifs, adverbes, propositions, conjonctions, temps, rythme, tout cela qui est le propre de l'homme et rien d'autre.

Sûrement doit-il tout savoir comme les morts qui nous observent, comme les esprits dans l'autre monde auxquels nous ne pouvons rien cacher.

Cet homme est un simulacre d'humain. Sinon pourquoi se déguiserait-il en poupée de chiffon, pourquoi aurait-il la légèreté d'un jouet d'enfant qu'on glisse sous l'oreiller ? Pourquoi se repaît-il d'images qu'il amène chez lui, de corps en papier brillant, pourquoi préfère-t-il les voix lointaines comme des sirènes dans le cornet du théâtrophone ?

A-t-il même une chair, lui qui ne supporte plus aucune nourriture solide ? A-t-il vraiment une peau ? Son corps, la toilette consiste à l'effleurer en s'aidant d'une quantité invraisemblable de serviettes, comme s'il redoutait d'ôter les couleurs de son visage, la rougeur des lèvres, d'effacer le dernier soupçon de vie. De s'effacer lui-même.

Fasciné par l'autre, les autres corps lui inspirent

une panique sans bornes. Quand il a dompté cette frayeur, quand de cette passion il ne peut plus rien faire, quand cette matière ne sera plus sa matière première, sa matière vive, mais la chose noire qu'il voit s'avancer dans son agonie, la chose énorme qui veut l'anéantir, il n'a plus lieu de résister, il faut qu'il parte.

Vivant ou mourant, personne ne peut le toucher. Mais personne, depuis l'enfance, a-t-il jamais pu le toucher ? Marcel Proust s'éteint après qu'on lui a fait une piqûre. Il avait défendu qu'on le pique. Il savait bien qu'il tomberait aussitôt en poussière, que ce pincement le ferait pour toujours sortir de son rêve.

Vers minuit, ce soir-là, il sonne, il appelle. Céleste attend dans la pièce d'à côté. Elle est là, tout le temps, chaque seconde de chaque minute. Il le sait. C'est leur pacte. Ce n'est pas comme sa mère chérie qui l'abandonnait toujours et l'oubliait sous l'édredon rose, c'était dans la petite chambre en haut de l'escalier à tomettes, derrière la façade de carton gris de la maison de son enfance.

La jeune femme au sourire de Joconde vient s'asseoir à ses pieds. Jusqu'à deux heures, il dicte, il ajoute des détails pour améliorer l'épisode de la mort de Bergotte, la danse macabre des médecins, « l'incroyable frivolité des mourants », — une coupe de champagne qu'il ne boira pas telle une dernière touche de pinceau sur la toile.

Le froid de la chambre est terrible. Céleste est épuisée, elle est morte de fatigue, mais elle reste. Il la relaie, il reprend la troisième version de *La*

*Prisonnière*, la main tremble sur les pages tapées à la machine, il travaille jusqu'à trois heures et demie du matin, il atteint la page 136, il n'en peut plus, ils continueront demain, il meurt aux environs de cinq heures de l'après-midi.

Quand il a mis le mot « fin » en bas du manuscrit quelques semaines plus tôt, c'était le printemps, il l'a raconté après la nuit, il savait bien que c'était un mot d'auteur, une fausse fin, une *happy end* comme Odette l'aurait dit, ou Mme Verdurin. Un coup de théâtre (parler au réveil, il ne l'avait plus jamais fait depuis des siècles !), une ruse surtout pour endormir Céleste qui ne demanderait qu'à le croire sur parole (après ils allaient changer de vie, il promettait le tour du monde, la bohème ou la tournée des grands-ducs, la haute montagne sous les neiges éternelles).

Le mot « fin », il l'avait écrit ainsi qu'on aperçoit la Terre promise, mais il savait bien qu'il fallait continuer, que rien n'était fini, que l'œuvre devrait rester imparfaite, qu'il n'en verrait pas le dernier mot, qu'il disparaîtrait avant elle, qu'elle le maintiendrait, jusqu'au bout, vivant.

## BIBLIOTHÈQUE

P. 19. Film réalisé en 1962 par Gérard Herzog pour la série *Portrait-Souvenir.*

P. 22. Walter Benjamin, « L'image proustienne » (première version 1929) in *Œuvres II* (Gallimard, Folio Essais, 2000).

P. 28. Franz Kafka, *Journal*, traduit par Marthe Robert (Grasset, 1954).

P. 30. Octave Mirbeau, *La 628-E-8,* avec une préface d'Hubert Juin (U.G.E., 10/18, 1977).

P. 32. Hugo von Hofmannsthal, « L'ombre des vivants », in *Lettre de Lord Chandos et autres essais* (Gallimard, 1980).

P. 34. Jérôme Prieur, « En tournant chez Proust », *La Nouvelle Revue française*, juin 1999.

P. 46. Jean Cocteau, *Poésie critique* (Gallimard, 1959).

P. 47. Jean Paulhan, *Braque le Patron* (Gallimard, 1952).

P. 52. Sacha Guitry, *Le Cinéma et moi*, textes réunis et présentés par André Bernard et Claude Gauteur (Éditions Ramsay, 1977).

P. 54. Cf. Jérôme Prieur, *Le Spectateur nocturne* (Éditions des Cahiers du Cinéma, 1993).

P. 66. Constantin Jelenski m'avait fait lire ce fragment de Carlo Dossi, qu'il a traduit de l'italien et qui a été publié dans le n° 7 de la revue *Trafic* (P.O.L., 1993).

P. 67. Léon Daudet, *Les Bacchantes* (Flammarion, 1931).

P. 68. Robert de Montesquiou-Marcel Proust, *Professeur de Beauté*, présenté par Jean-David Jumeau-Lafond (Éditions La Bibliothèque, 1999).

P. 71-74. Marcel Proust, *À la recherche du temps perdu*, édité sous la direction de Jean-Yves Tadié (Gallimard, Bibliothèque de la Pléiade, 1987-1989), tome IV : *Le Temps retrouvé*, p. 461, 467-468, 473.

P. 75. Marcel Proust, *Textes retrouvés* recueillis et présentés par Philip Kolb, *Cahiers Marcel Proust*, n° 3 (Gallimard, 1971).

P. 78. Vladimir Maïakovski, *Du monde j'ai fait le tour*, textes réunis par Serge Fauchereau (*La Quinzaine littéraire*/Louis Vuitton, 1998).

P. 90 et 121. Jacques Benoist-Méchin, « Une visite à Marcel Proust », in *À l'épreuve du temps* I (Julliard, 1989). Voir également Brassaï, *Marcel Proust sous l'emprise de la photographie* (Gallimard, 1997).

P. 93. August Strindberg, *Inferno* (Mercure de France, 1966). Clément Chéroux a décrit cette passion dans *L'Expérience photographique d'August Strindberg* (Actes Sud, 1994).

P. 94. Sur l'optogramme, cf. Max Milner, *La Fantasmagorie* (PUF, « Écritures », 1982) et Philippe Dubois, *L'Acte photographique* (Nathan, 1990). Félix Nadar, *Quand j'étais photographe* (Éditions d'aujourd'hui, 1979).

P. 95. Christian Péchenard, *Proust et son père* in *Proust et les autres*, La Table Ronde, 1999).

P. 98. Je remercie François Ede pour son expertise.

P. 99. Le livre de Georges Cattaui, *Marcel Proust. Documents iconographiques* (Pierre Cailler Éditeur, 1956), malheureusement épuisé, était le seul ouvrage à avoir rassemblé de façon quasi exhaustive tous les portraits et photographies de Marcel Proust.

P. 107. Ces photos de Nadar sont visibles dans le livre *Le Monde de Proust vu par Paul Nadar* (textes d'Anne-Marie Bernard, Agnès Blondel et Anne Borrel ; Éditions du Patrimoine, 1999).

Cf. Roland Barthes, « Proust et la photographie », projet de séminaire au Collège de France, 1980 in *La Préparation du roman* (Seuil/IMEC, 2003). J'ai présenté ces notes de travail dans le catalogue *R/B, Roland Barthes* (Seuil, Centre Pompidou, IMEC, 2002), « Diapositives : Barthes, Proust, Nadar ».

P. 120. Soma Morgenstern, *Fuite et fin de Joseph Roth* (Liana Levi, 1997).

P. 128. Le personnage de Marie Scheikévitch est évoqué par le *Livre-Journal* 1919 de Ferdinand Bac (Éditions Claire Paulhan, 2000).

P. 134. Paul Morand, *Journal d'un attaché d'ambassade, 1916-1917* (La Table Ronde, 1947 et Gallimard, 1996).

P. 144. Paul Valéry, « Mes théâtres », *Les Dernières Nouvelles d'Alger,* 19 septembre 1942 (in *Œuvres,* tome I, Gallimard, La Pléiade, 1957).

P. 148-151. Marcel Proust *À la recherche du temps perdu,* tome III : *Sodome et Gomorrhe,* p. 239-243 et p. 322 ; *La Prisonnière,* p. 527, p. 637-638.

En dehors des souvenirs exceptionnels de Céleste Albaret recueillis par Georges Belmont sous le titre *Mon-*

*sieur Proust* (Robert Laffont, 1973), les détails sur la vie de Proust proviennent essentiellement des ouvrages de ceux qui ont connu Proust. Notamment :

l'*Hommage à Marcel Proust* du numéro de janvier 1923 de *La Nouvelle Revue française* (avec les contributions d'Anna de Noailles, Robert Proust, Robert Dreyfus, Reynaldo Hahn, Fernand Gregh, Georges de Lauris, Lucien Daudet, Jacques-Émile Blanche, Gaston Gallimard, Philippe Soupault, Gabriel de La Rochefoucauld, Walter Berry, Jean Cocteau, Paul Morand, Jacques Porel, Ramon Fernandez, Jacques Rivière, etc.) ;

et, dans le désordre, le premier volume de *Poésie critique* de Jean Cocteau, *op. cit.*, celui du recueil de Maurice Martin du Gard *Les Mémorables* (Flammarion, 1957), le *Journal d'un attaché d'ambassade* de Paul Morand, *op. cit.*, les *Souvenirs d'un collectionneur* de René Gimpel (Calmann-Lévy, 1963), *Mon ami Marcel Proust* de Maurice Duplay (*Cahiers Marcel Proust*, Gallimard, 1972), *Mon amitié avec Marcel Proust* de Fernand Gregh (Grasset, 1958), *Avec Marcel Proust* de Marcel Plantevignes (Nizet, 1966), *Le Regard de la mémoire* de Jean Hugo (Actes Sud, 1983), *Fils de Réjane* de Jacques Porel (Plon, 1951), *Au bal avec Marcel Proust* de la princesse Bibesco (Gallimard, 1928), *Suite familière* de Léon-Paul Fargue (Émile-Paul, 1928), *Autour de soixante lettres de Marcel Proust* de Lucien Daudet (Gallimard, 1929), les *Souvenirs et polémiques* de Léon Daudet (Robert Laffont, 1992), *Du côté de chez Proust* de François Mauriac (La Table Ronde, 1947), *Sylvia* et *Présence des morts* d'Emmanuel Berl (Gallimard, 1952 et 1956), *Souvenirs sur Marcel Proust* (Grasset, 1926) et *De Monsieur Thiers à Marcel Proust* de Robert Dreyfus (Plon, 1939), *Mes modèles* de Jacques-Émile Blanche (Stock, 1928, rééd.

1984), *Notes. Journal d'un musicien* de Reynaldo Hahn (Plon, 1933), *Pays parisiens* de Daniel Halévy (Grasset, 1932) et sa correspondance avec Proust (éditions de Fallois, 1992), le *Marcel Proust* de Léon Pierre-Quint (Le Sagittaire, 1935), *Le Sabbat* de Maurice Sachs (Corrêa, 1946), les brefs « Mémoires d'un valet de chambre » d'Ernst Forssgren (*Cahiers Marcel Proust,* n° 7, Gallimard 1975).

S'y ajoutent *Proust et Céleste* de Christian Péchenard (La Table Ronde, 1996), *Le Paris de Marcel Proust* d'Isabelle Ottaviani et Philippe Poulain (Paris-Musées, 1996), *Maman* par Michel Schneider (Gallimard, « L'un et l'autre », 1999), la biographie de Ghislain de Diesbach (Perrin, 1991), le considérable *Marcel Proust* de Jean-Yves Tadié (Gallimard, Folio, n^os^ 3213 et 3214, 1996) et la correspondance éditée par Philippe Kolb (Plon, 1970-1993).

REMERCIEMENTS

À Françoise Dumas, Dominique Janvier, Gérard Macé, Raoul Ruiz et, plus particulièrement, Thierry Thomas, qui, chacun, d'une manière ou d'une autre, ont provoqué l'écriture de ce livre.

## DU MÊME AUTEUR

*Aux Éditions Gallimard*

NUITS BLANCHES, essai sur le cinéma, coll. Le Chemin, 1980

SÉANCE DE LANTERNE MAGIQUE, coll. Le Chemin, 1985

PROUST FANTÔME, coll. Le Cabinet des lettrés, 2001 (Folio nº 4412)

*Aux Éditions des Cahiers du Cinéma*

LE SPECTATEUR NOCTURNE, une anthologie, 1993

*Aux Éditions du Seuil*

ROMAN NOIR, « La Librairie du XXIe siècle », 2006

JÉSUS CONTRE JÉSUS (avec Gérard Mordillat), 1999, « Points » nº 800

JÉSUS APRÈS JÉSUS (avec Gérard Mordillat) 2004, « Points Essais » nº 533

*Aux Éditions Albin Michel*

JÉSUS, ILLUSTRE ET INCONNU (avec Gérard Mordillat), 2001, SV poche nº 212

*Aux Éditions La Pionnière*

GUERRE ÉCLAIR, 1997

PETIT TOMBEAU DE MARCEL PROUST, 2000

TOUS LES OBJETS SONT DES SPHINX, 2002

CAPRICES (dessins de Pierre Skira), 2003

*Aux Éditions La Pierre d'Alun*

LA FABRIQUE DES DOUBLES (photographies de Gérard Macé), 2006